監修
校閲　遠藤友彦

風外本高禅師

烏鵲樓高閑録

風外本高禅師語録刊行会

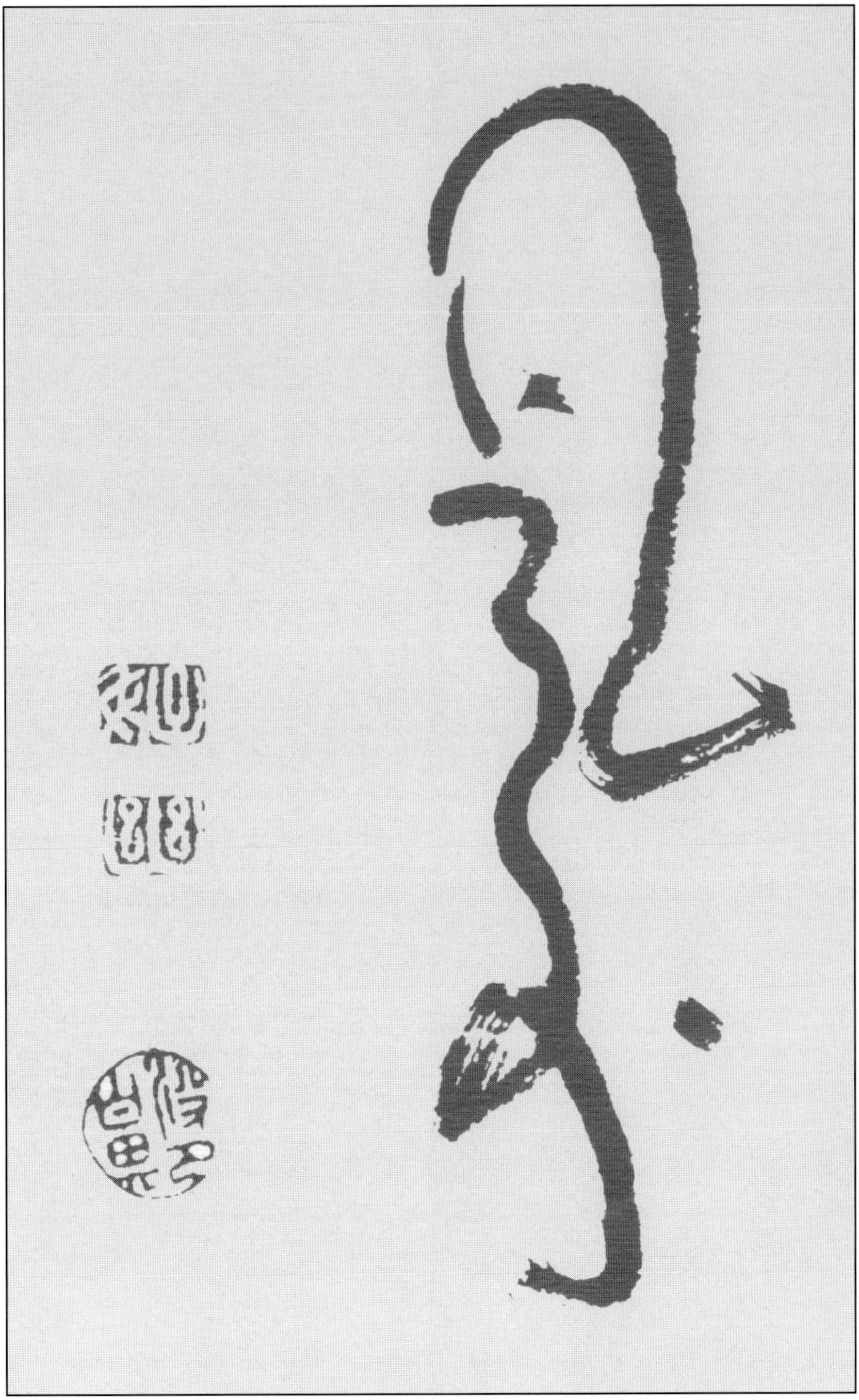

図一　風外禅師の署名　風外禅師の絵画は、「香積寺《こうじゃくじ》風外」「三河《みかわ》風外」「足助《あすけ》風外」と呼ばれるが、特に晩年の作品中の風外の署名が蛸に似ていることから「たこ風外」として知られている。

図二　自画像

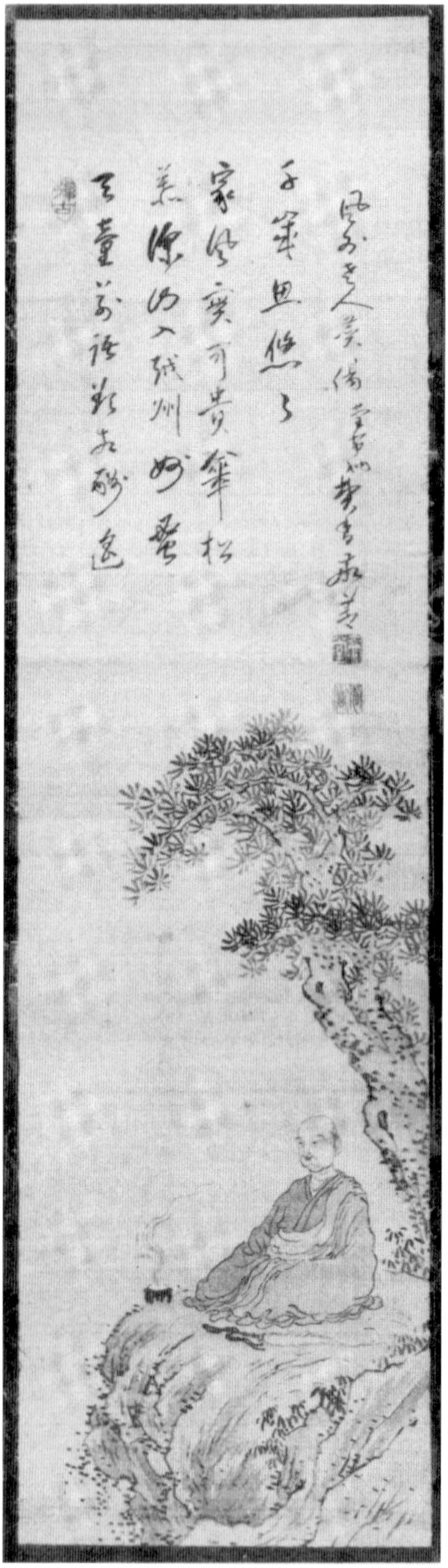

図三　自画像（三〇八）

図五　出山の図

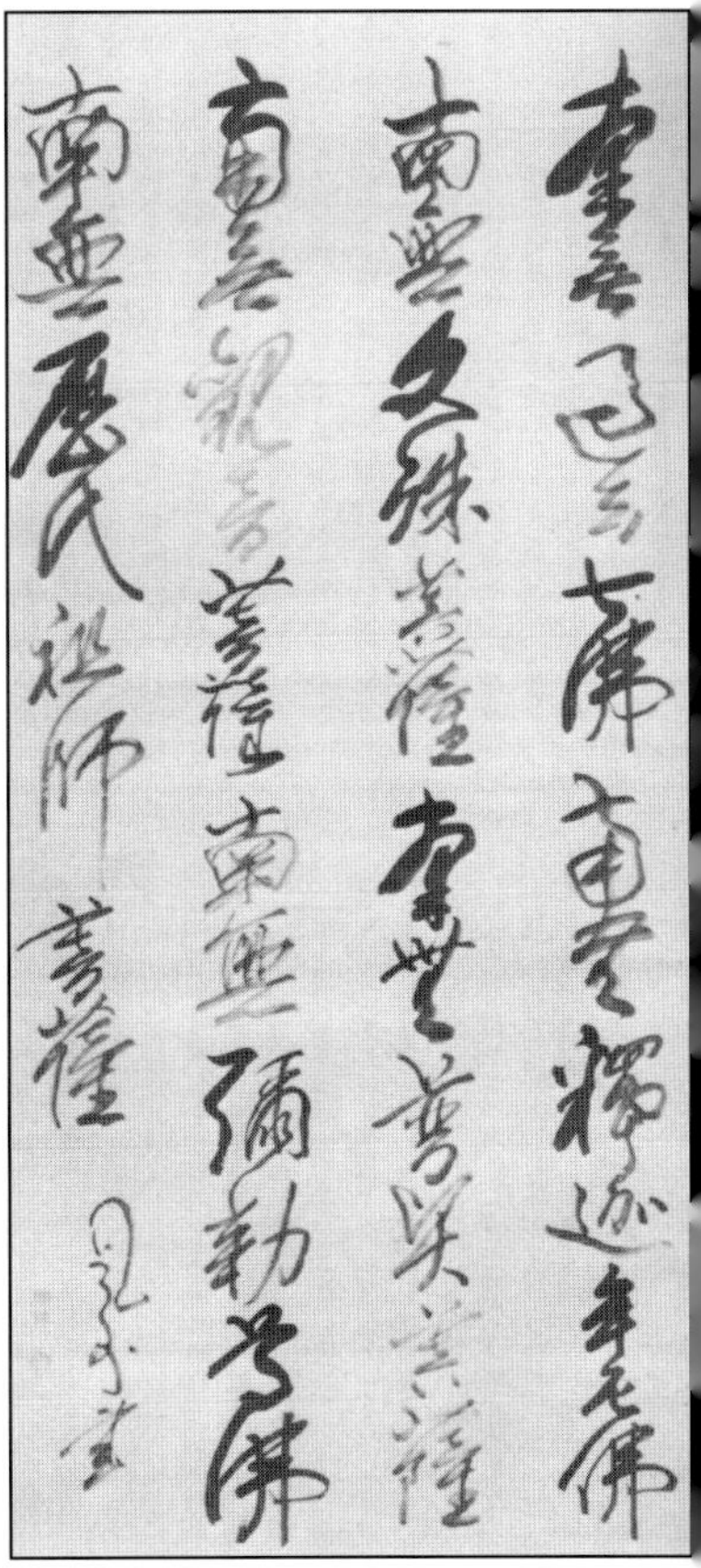

図四　七仏名号

図六　猛虎図

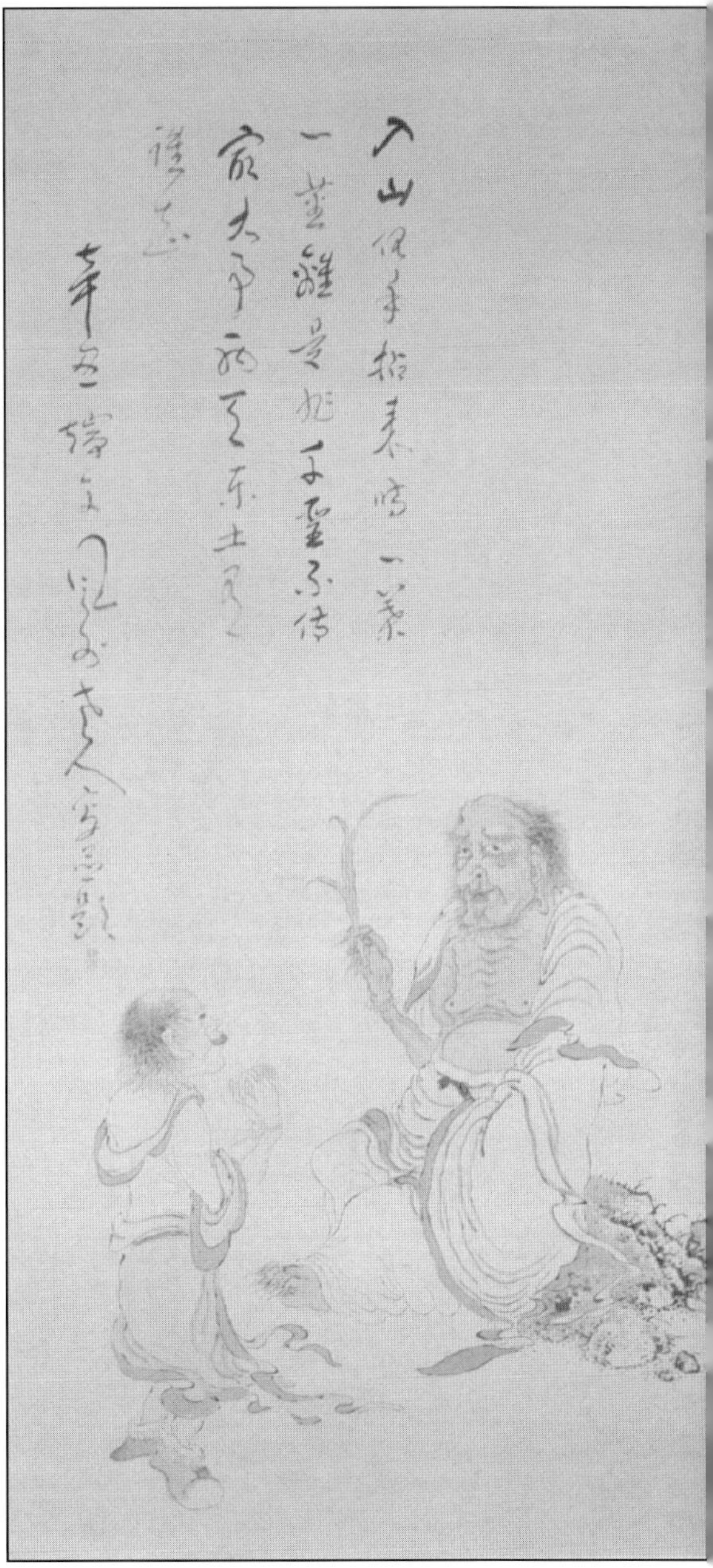

図七　端午問答図（180）

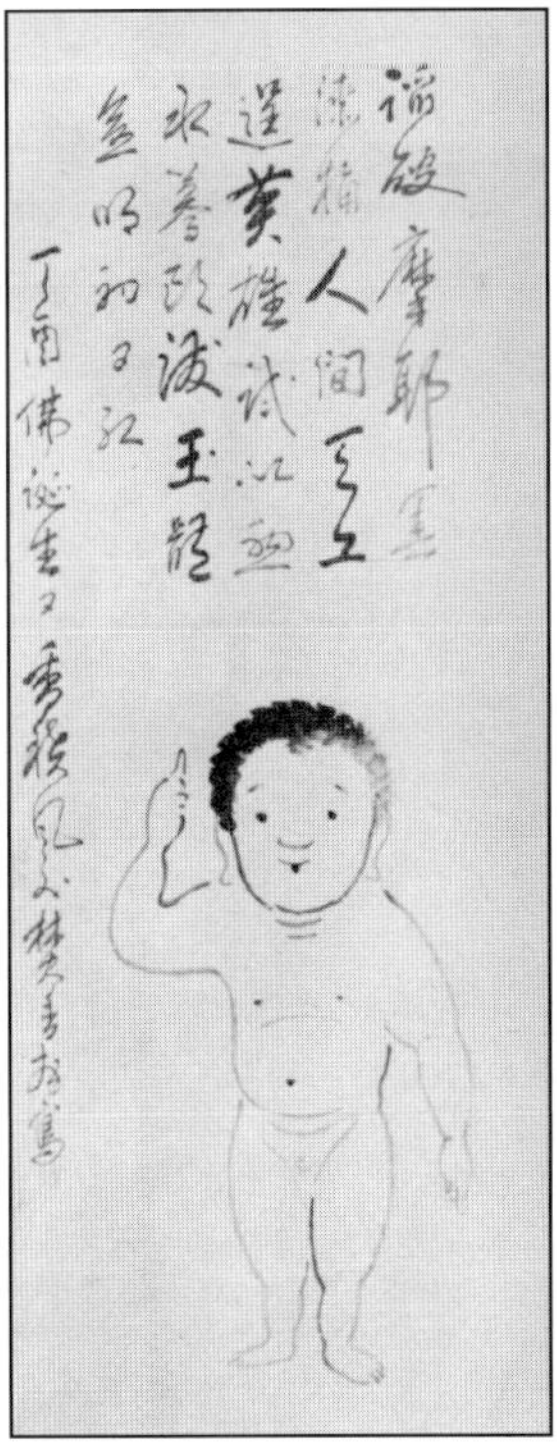

図八　誕生仏（三四八）

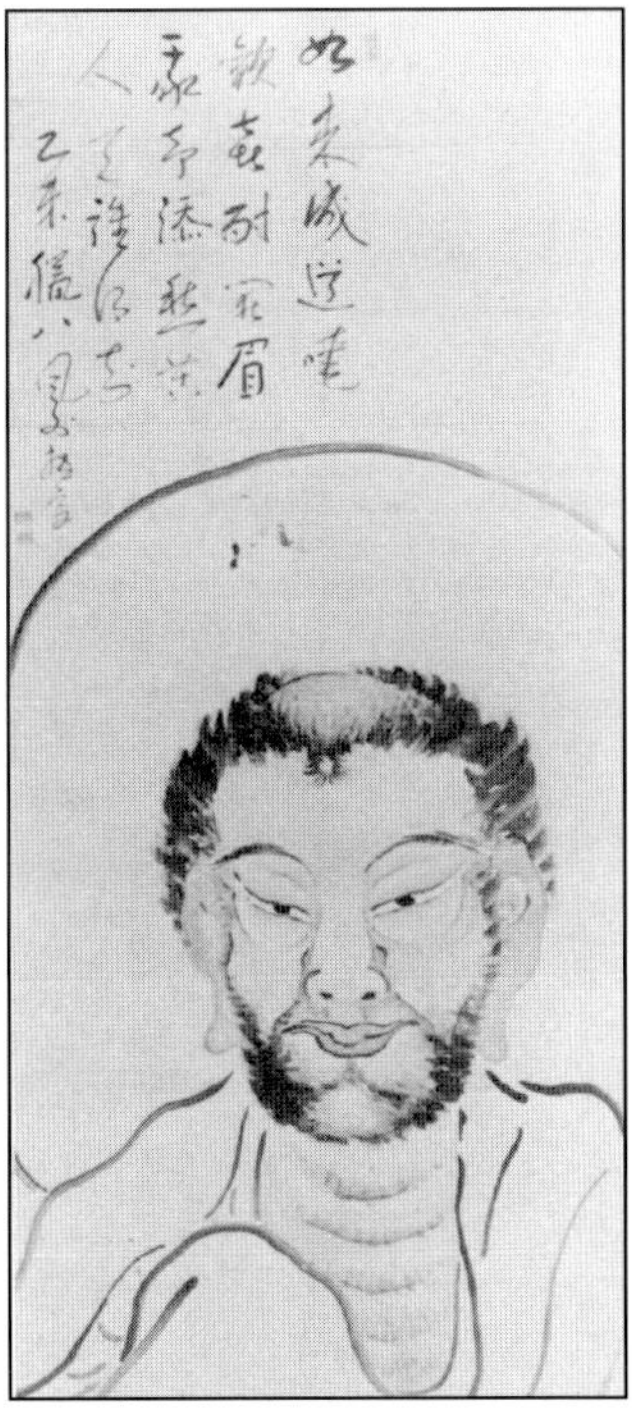

図九　出山釈迦像（六二）

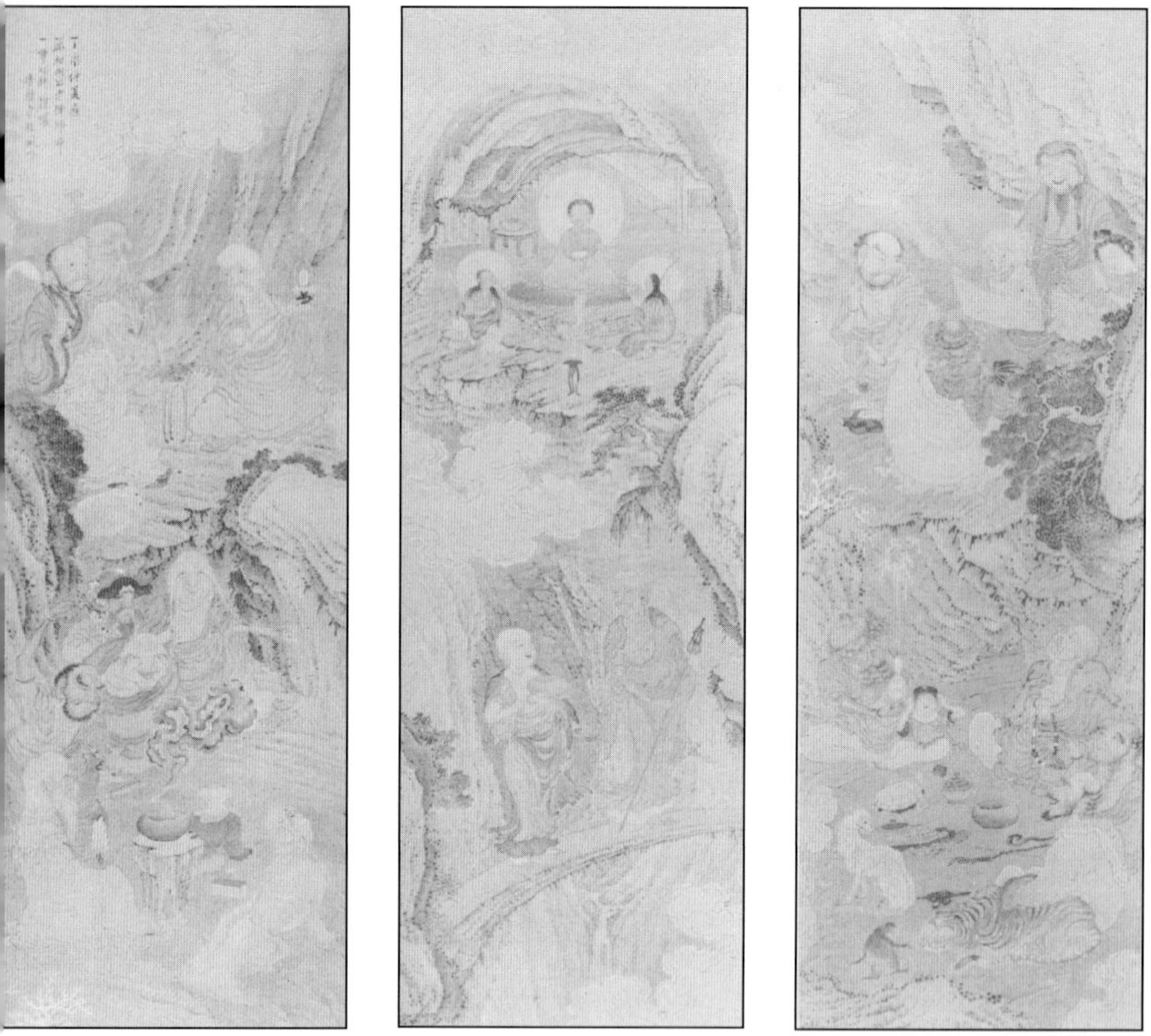

図十　釈迦十六羅漢図（三幅）

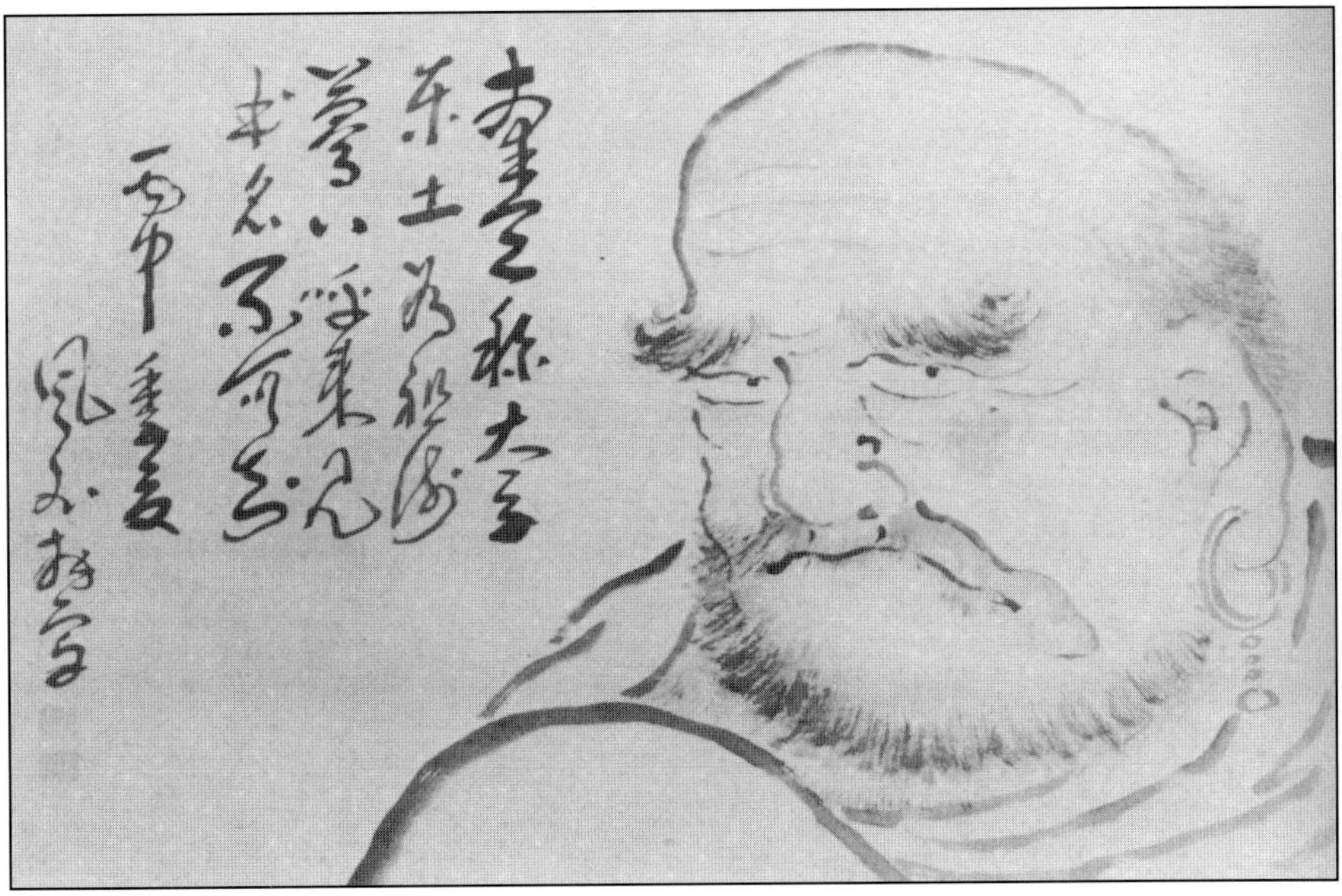

図十一　達磨大師像（52）

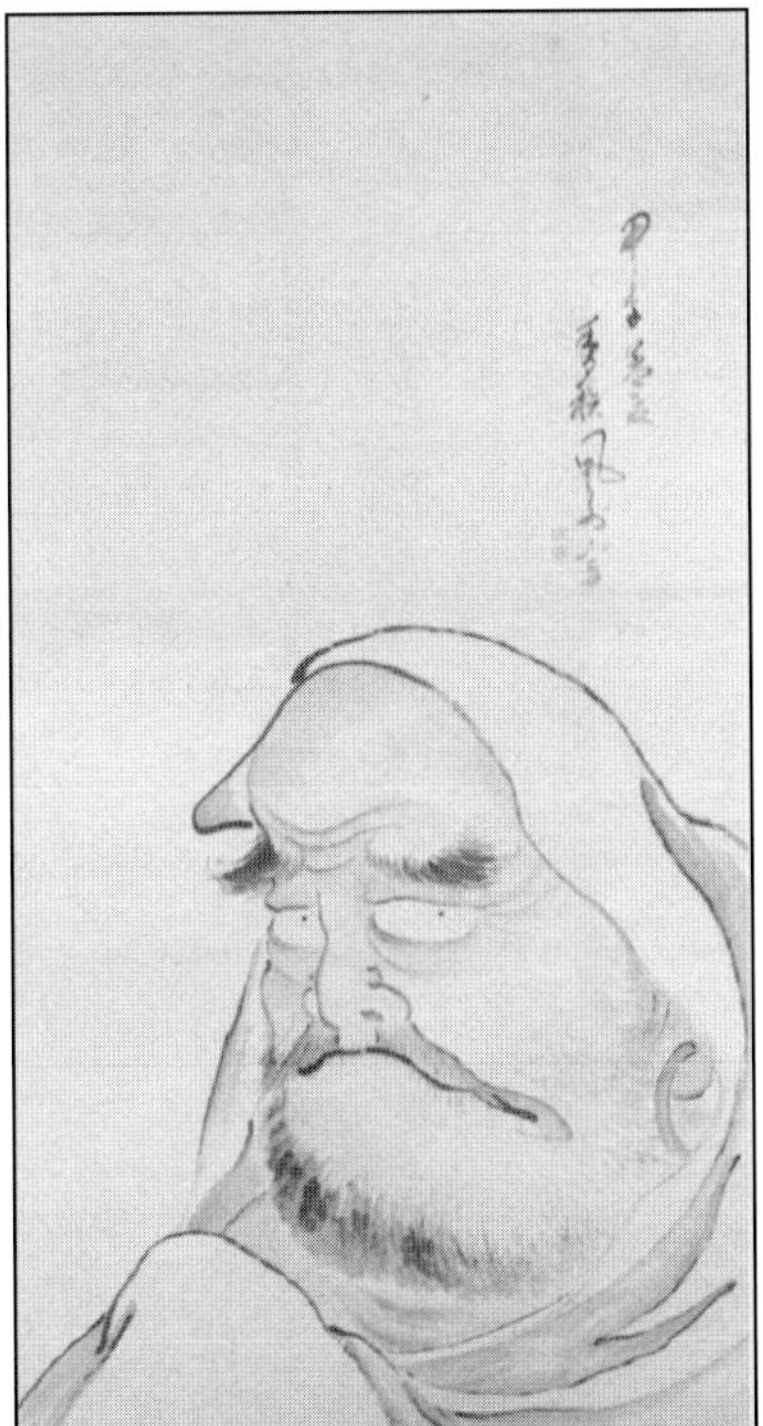

図十二　達磨の図

図十三　釈尊迦葉尊者阿難尊者
紙本　57 歳筆（58）

図十四　商山四皓　淡彩　絹本　60 歳筆

図十五　豊干寒山拾得
水墨　紙本　56 歳筆（317）

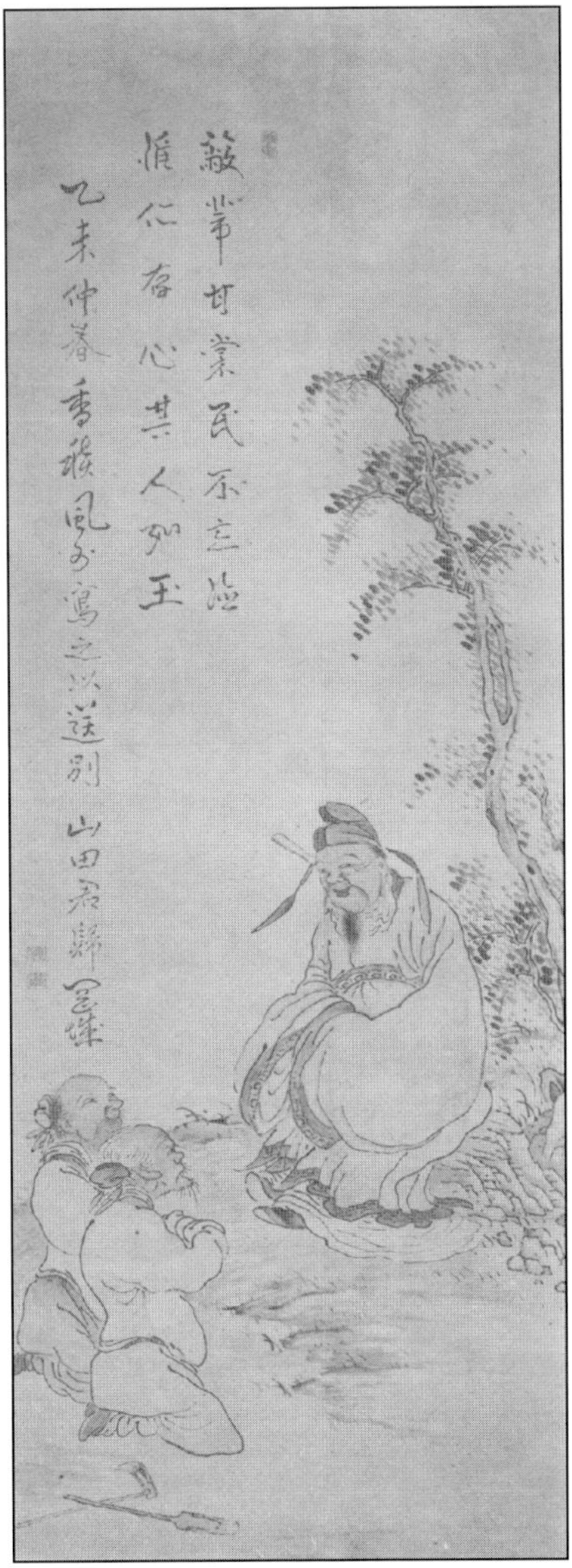

図十六　甘棠聴訟
淡彩　紙本　58 歳筆（332）

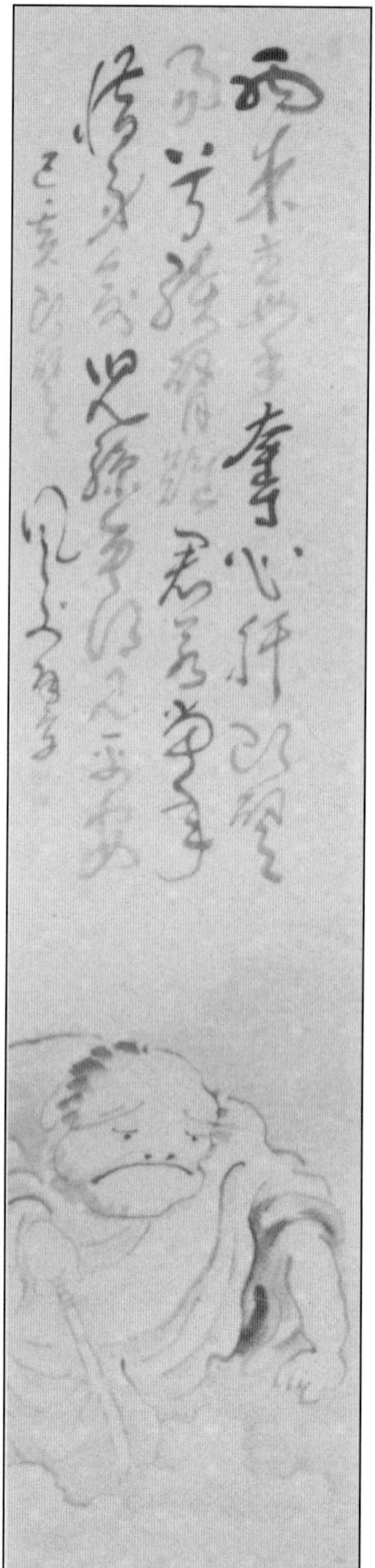
図十七　断臂図（二一六）

図十八　節分図

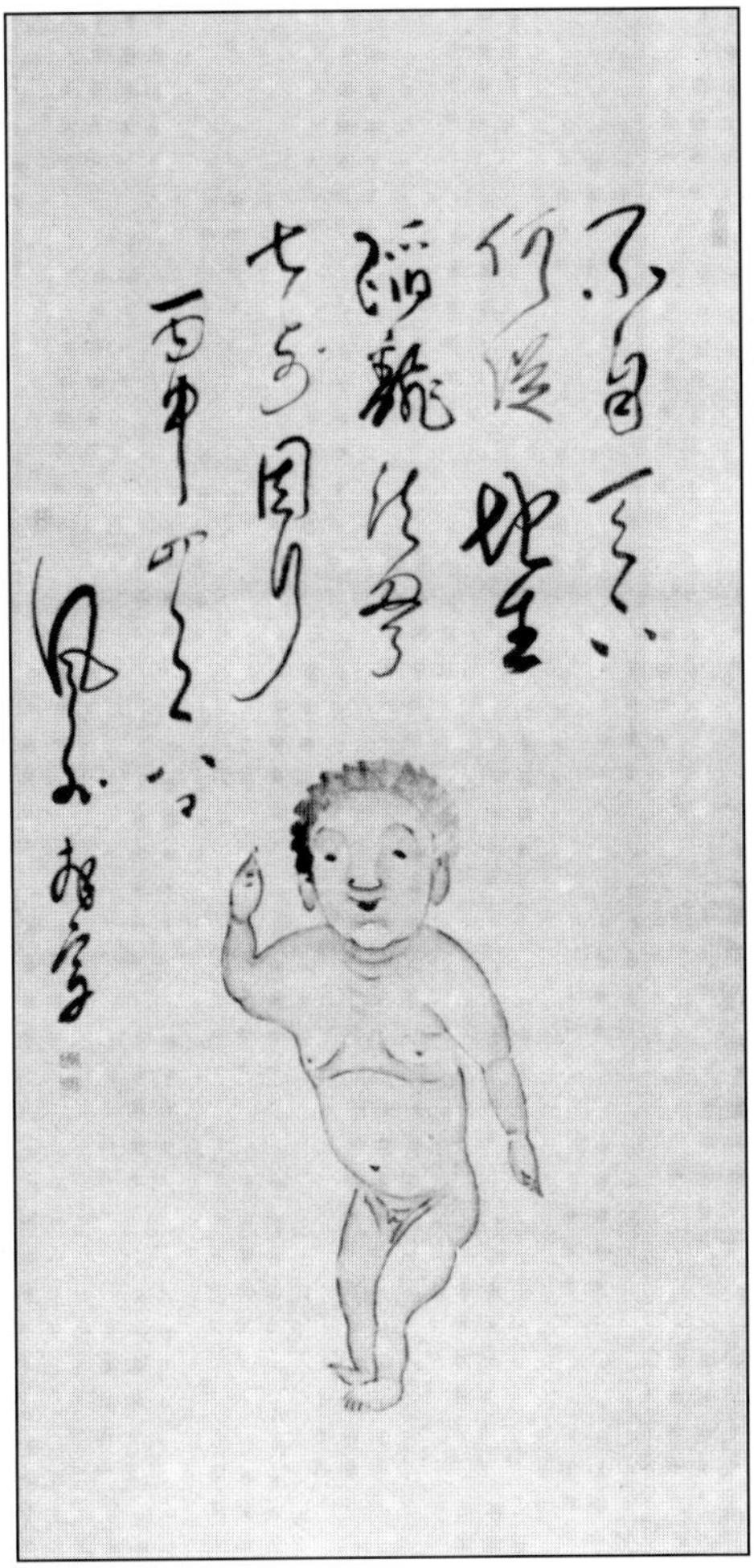

図十九　誕生仏（86）

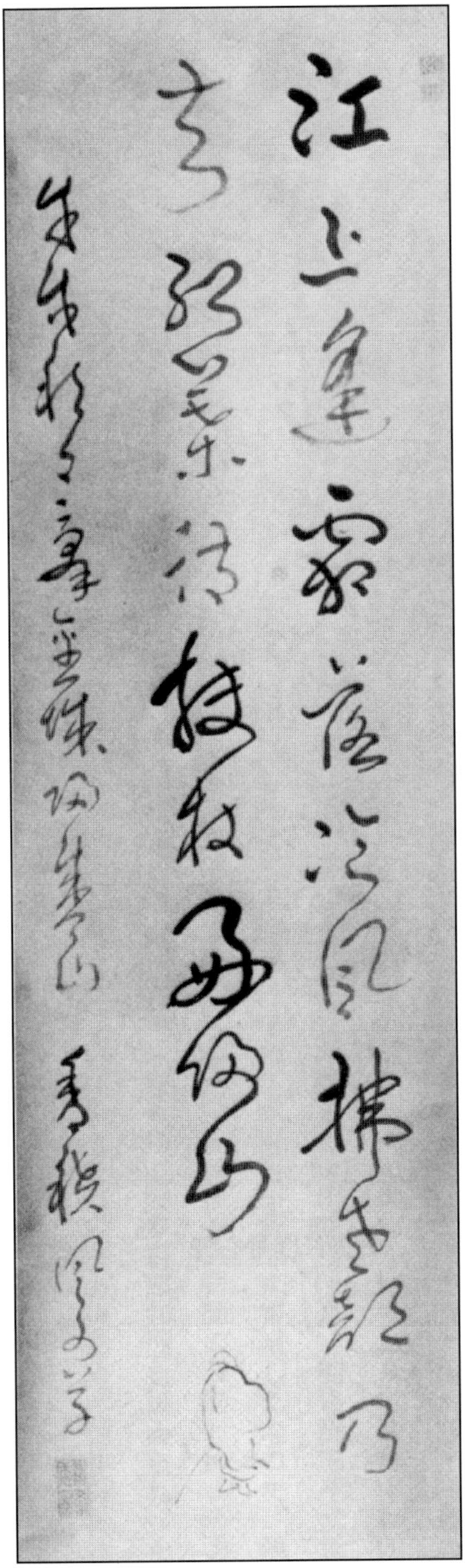

図二十　秋日辞金城（二五六）

図二十一　寅年元旦（195）

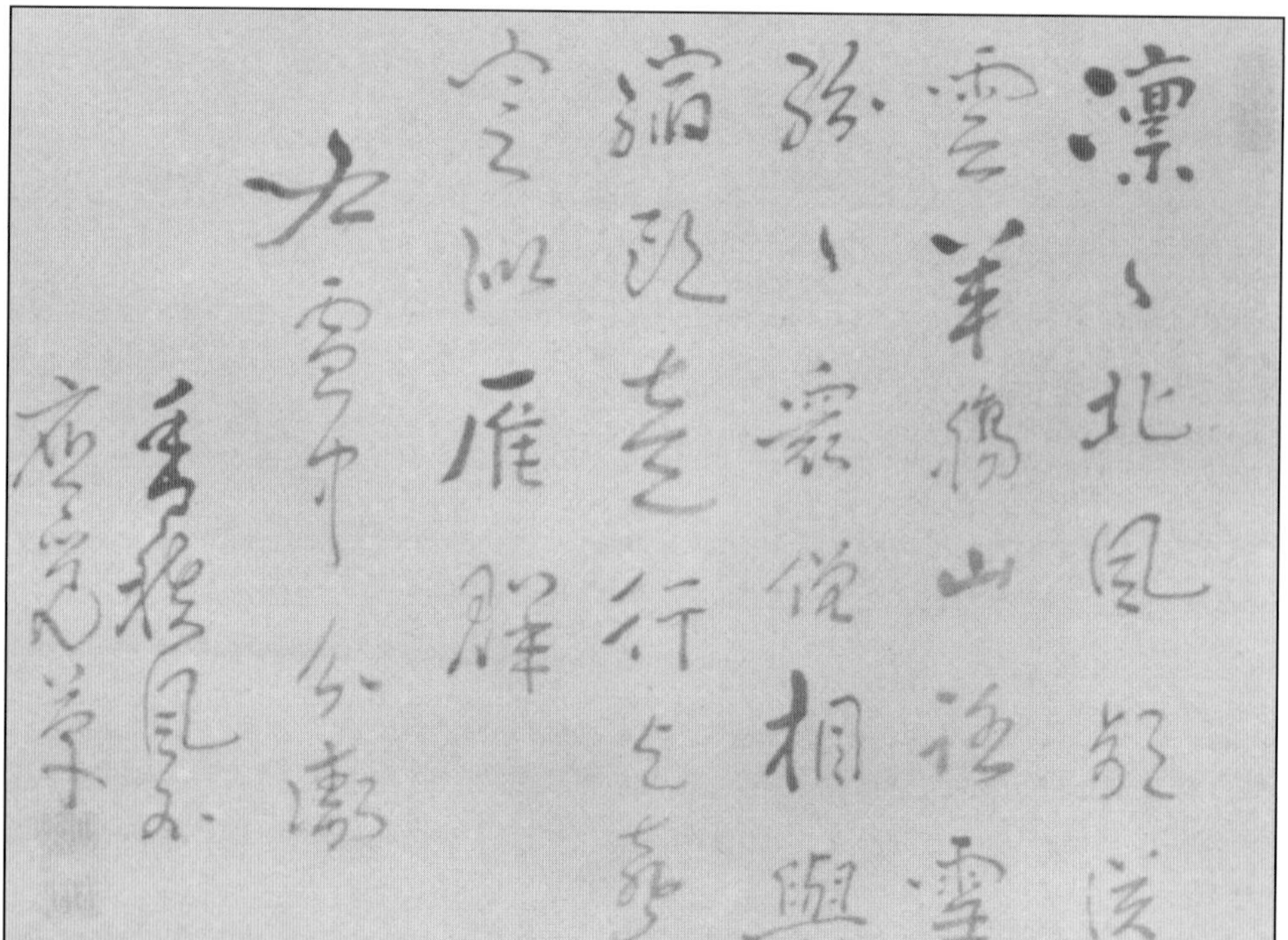

図二十二　雪中分衛（22）

図二十三　賀妙昌寺進山（310）

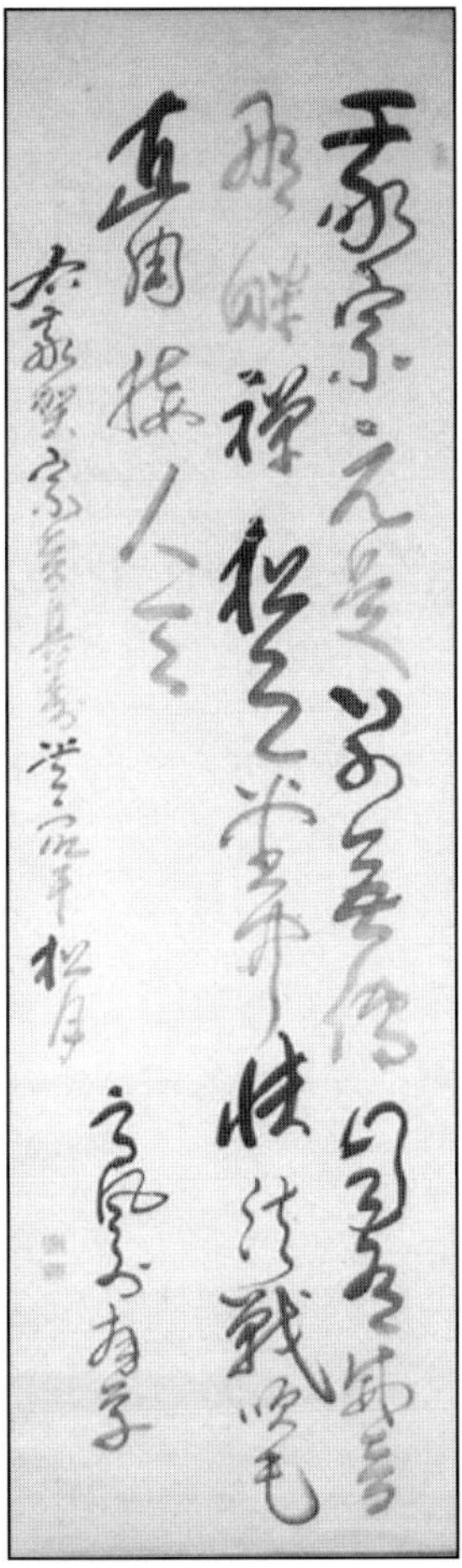

図二十四　武州赤塚松月院（二八六）

有時空起下潭湖
澱波五更殘月歸
風外高

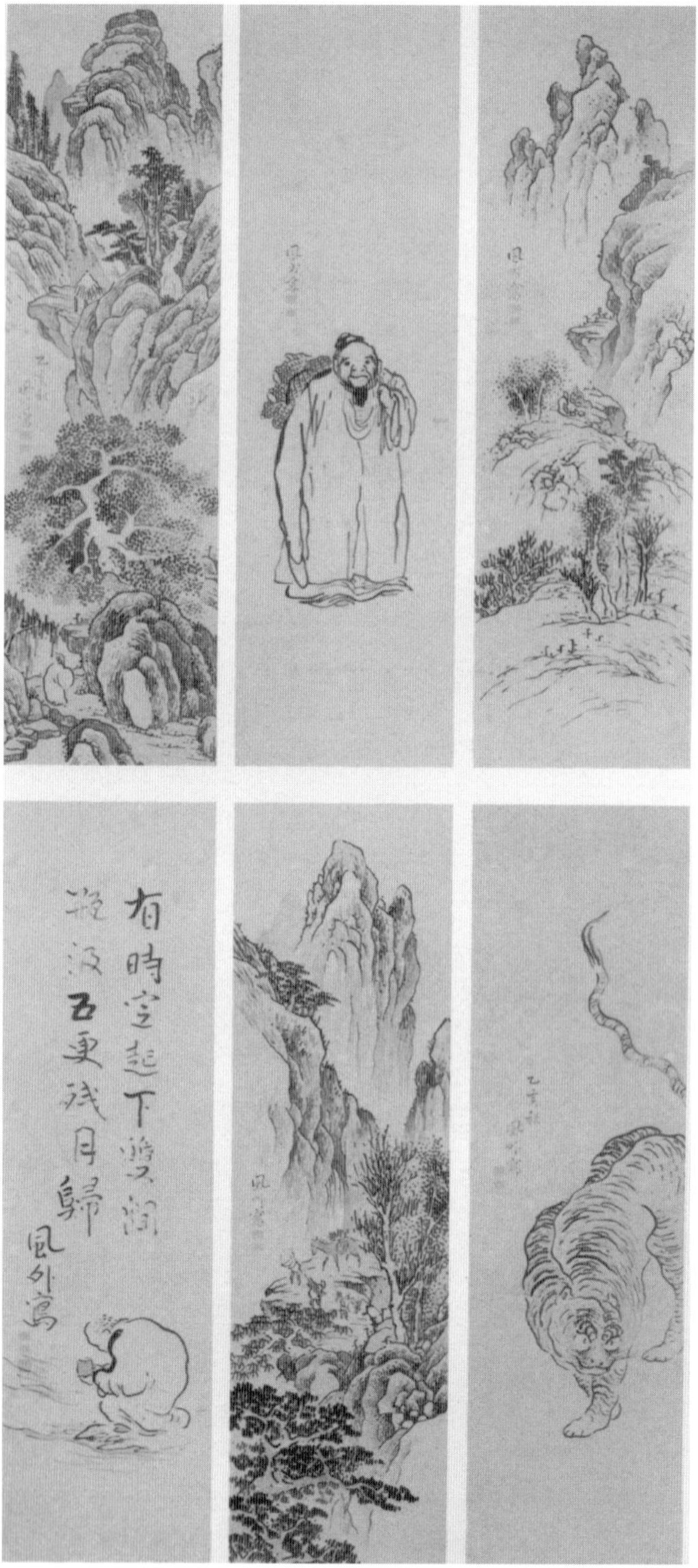

図二十五 屏風

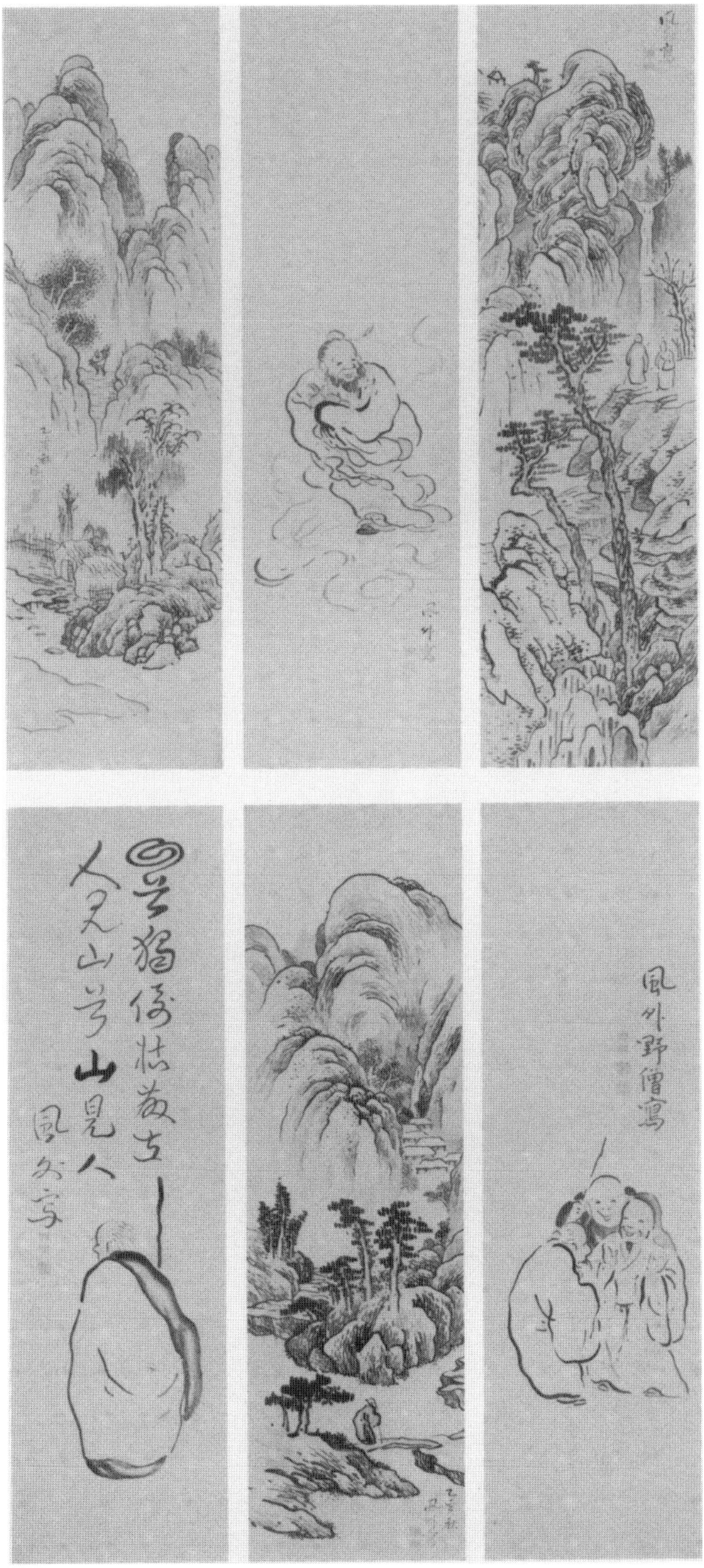

図二十六　屏風

風外老師記念碑（香積寺境内）

風外禅師塔（香積寺歴住墓地）

口絵

口絵は風外禅師の書かれた書画の中から、一部を記載しました。

風外禅師は子供の頃より、書画を好み、池大雅風の風雅な味、また細密な仏画など、非常に沢山の作品を残され、香積寺時代は随身、雲水などの教化のための食材として書かれました。

その中で、香積寺寺宝、高閑録の偈頌が書かれた書画などを探し、掲載しました。

序

『烏鵲楼高閑録《うじゃくろうこうかんろく》』の転写本に初めて参じたのは、昭和五十九年六月のことであった。それは、同年八月三十日より名古屋松坂屋本店で開かれる特別展「曹洞禅――郷土の名僧と寺宝」の出品依頼のために、愛知学院大学の川口高風師、豊川花井寺井上義臣師と三人で、三州足助《あすけ》の香積寺《こうじゃくじ》へ拝登した時である。依頼の作品は風外禅師の代表作「猛虎図」（口絵参照）であったが、話の途中で「風外禅師には語録はないのかな」という拙衲の素朴な問いに答えて、同行の川口師が『烏鵲楼高閑録』のコピーを呈示されたことに始まる。

六年が経過して、平成二年六月。拙衲の師事する服部承風詩宗（漢詩結社「心聲社」主宰）の華甲《かこう》記念の詩碑が、香積寺三十六世故藤本眞良和尚のご高配により「風外老師碑」（口絵参照）の前に建立され、盛大な式典が催された。

「来り尋ぬ風外の寺　初地　蘚苔芳し……」

と詠われる五言律詩の秀句は、能筆な草書で刻まれ、春に秋に名勝香嵐渓《こうらんけい》の楓樹に調和し今に鮮やかである。

やがて平成五年より、現董和尚も本書の「謝辞」で記されているように、足助近隣のご寺院からなる「漢詩の会」が発足し、隔月に名古屋から足助まで、片道一時間半余のアクセルを踏んだ。屈指すれば、風外禅師の毒手に触れて、既に二十年の勝縁を結ばせていただいていた。

『烏鵲楼高閑録』は、家風辛辣で狼玄楼《おおかみげんろう》と恐れられた玄楼奥龍《げんろうおうりゅう》禅師の喝雷棒雨に耐えて近侍《きんじ》した唯一の法子風外本高禅師（一七七九―一八四七）の語録である。『鐵笛倒吹《てってきとうすい》講話』『碧巖録耳林鈔《へきがんろくじりんしょう》』の作家《さっけ》であり、詩中画あり、画中詩ありと称される画僧風外の語録でもある。また来る新しき時代に東西南北、縦横に宗風を宣揚した旃崖奕堂《せんがいえきどう》、白鳥鼎三《はくちょうていさん》、原担山《はらたんざん》、寂潭俊龍《じゃくたんしゅんりゅう》等々、幾多の龍象を打ち出し、洞門近代明治の黎明の礎《いしずえ》を築いた師僧の語録でもある。

魯魚亥豕《ろぎょがいし》の誤りも散見される一書ではあるが、風外本高禅師の暖皮肉にふれていただくことができ、また後学の指標ともなれば、法幸この上もない。

最後に、本書刊行にご協力いただいた関係各位に深甚なる謝意を表し、風外禅師の徳を慕い些か蕪辞を添え序にかえる。

平成十六甲申年六月念二日

乗円寺小住
遠藤友彦　合爪

風外禅師についての思い――刊行に当たっての謝辞――

風外本高禅師（一七七九―一八四七）は天保四（一八三三）年から同十二（一八四一）年までの間、香積寺二十五世として香積寺に止住し、のちに大阪（浪花）の烏鵲楼《うじゃくろう》に隠居し、弘化四（一八四七）年に示寂、世寿六十九歳でした。『烏鵲楼高閑録』とは、この間の詩偈です。

香積寺三十五世雲外黙仙和尚は号を風外に真似て付け、生涯をかけて風外禅師の研究をされ、その研究成果を伝記としてまとめられました。昭和二十四（一九四九）年に縁あって、沢木興道和尚の協力によって『風外』（大蔵出版社、昭和二十四年刊）が発行され、世に紹介されました。

雲外黙仙和尚の手元に『烏鵲楼高閑録』もありましたが、発表されず、現在に至っていました。

風外禅師の示寂が六十九歳。雲外和尚が『風外』発表を発願したのが六十九歳。私も今年六十九歳となります。奇しき因縁を感じます。

私は雲外黙仙和尚の孫にあたります。子供の頃より、香積寺に行き来していました。風外本高禅師のことは書画や風外老師碑などを拝して、また祖父雲外和尚の話などから、身近な偉いお坊さんと思っていました。

昭和二十六年に雲外和尚が示寂されました。その後は三十六世の眞良和尚（叔父）も『風外』の再版をはじめ、風外禅師の書画を毎年秋、香嵐渓《こうらんけい》の紅葉の時期に展示し、また多方面に風外禅師の紹介や発表をされ、顕彰に勤められました。

平成二年に眞良和尚が示寂されました。縁あって私が香積寺に入寺し、平成六年秋に晋山結制および授戒会を厳修しました。このために平成五年より、遠藤友彦老師を先生に迎えて、「漢詩の会」を発会させ、以後、約十年間にわたり、『高閑録』等を学んできました。

上記の因縁により、今年中にぜひ雲外黙仙和尚の意思を叶えて出版できればと思ってきました。「漢詩の会」で学んできた皆様方の励ましもあり、準備も着々と進み、このたび『鳥鵲楼高閑録』を刊行させていただくことが出来ました。

只々、私の思いは、この深い因縁と、人と人とのつながりの息吹きをまざまざと感じ、無上の感激で涙が止まりません。

この書の誕生、刊行にお力添えを頂いた方々へ、深く、深くお礼を申し上げます。

特に遠藤友彦老師には、向学の師として、色々お世話になり、感謝の言葉がありません。「ありがとう」ございました。

平成十六年六月

香積寺小住
中島良忠　九拝

凡例

一、本書『烏鵲楼高閑録《うじゃくろうこうかんろく》』は、香積寺《こうじゃくじ》本に依る。足助《あすけ》香積寺三十五世雲外黙仙《うんがいもくせん》和尚自ら記されている深見自牧庵主浄書のものである。他に駒沢大学図書館所蔵の所謂《いわゆる》、忽滑谷《ぬかりや》本が現存する。本書も多少の照合は試みた。

一、本書、香積寺本は全三百五十二首。一頁より順次番号を付し、上段に原文を、下段には訓読しルビを付した。また、後学の参考のため　題字の下に韻を記した。

一、本書は、一唱三嘆に値する佳句が多い。しかし、風外禅師の偈頌である。『碧巌録』『従容録』『永平広録』『大智偈頌』等々の典故《てんこ》を踏まえている句も多いので油断はできない。巻末の参考資料は、香積寺現董中島良忠師の労作であるので、参照にされたい。

一、本書は、平成五年より発会した三州足助を中心とする向学の龍象による「漢詩の会」が、自らの詩偈の習作に苦吟しながら「烏鵲楼高閑録」の素読にとりくんだことにはじまる。稚拙ではあるが、以来十余年、素人が高閑録のコピーの綴りを手に一字一字吟味しながら、風外禅師の遺芳にふれ、親しく参じてきたもののまとめである。

一、本書は、越《えつ》の某師の秘蔵本の写しである。明らかに書写の誤りと思われるものも散見するが、原本を尊重し、そのまま看過した。また、略字、くずし字の判読や訓読、ルビの不統一等に疑義も残るが、あとは諸賢の見識に任すのみである。

一、口絵に掲載した風外禅師の遺墨は、できるだけ本書に関係の讃題のあるもの及び画僧「たこ風外」を代表するものである。口絵の中で、『烏鵲楼高閑録』に相当する語録のあるものは、「図三　自画像（三〇八）」のように本文中の番号を（〇〇）で示した。

一、巻末の付録「法事の茶子《ちゃのこ》」と「風外和尚三法鼎足談《さんぽうていそくだん》」の翻刻は、慶安寺荒木正道師の労作である。時代的背景によって、原本に差別的表現と思われる言葉もみられるが、そのまま収録させていただいた。

一、巻末の年譜について詳しくは、藤本黙仙著『風外』（昭和二十四年、大蔵出版社）の風外本高禅師年譜を参照されたい。また出生・幼少期の消息については川口高風編『風外本高和尚――研究と語録――』（昭和六十年、名著普及会）所収の東道人著述「風外和尚とその周辺の人々」に、また『烏鵲楼高閑録』の各偈頌との対比考証は、同じく同書に収録の井上義臣著述「風外和尚伝の一側面」が参考になる。

一、題字及び序は、洞門の高徳にご依頼する予定であったが、本書を本年六月二十二日の風外忌に虔備《けんび》したいという香積寺現董のつよい要望により、題字は、香積寺本の題字をあてることにし、序は、不徳にも拙衲の記すこととなった。

一、本書の編纂は「漢詩の会」の香積寺中島良忠師、平勝寺佐藤一道師、慶安寺荒木正道師に負うところ、大である。特に多端に加えて慵惰《ようだ》の癖のある拙衲を、病牀より叱咤し、自らパソコンを打ち次々と校正する中島良忠師の報恩行の凄まじさに鞭打たれたことは言を待たない。

一、幾多の随身法孫が、宿願を抱きながら、成し得なかった風外本高禅師の語録『烏鵲楼高閑録』の開版が、多くの協力を得て今上梓される。大寂定中、照鑒を仰ぎ、大悲もて海容あらんことを、伏して希うのみである。

平成十六年六月

乗円寺小住

遠藤友彦　謹記

目次

烏鵲楼高閑録

―風外本高禅師語録―

1

木平善道凡有新到來參先擔三擔泥
有偈云

南山路仄東山低
新到莫辭三擔泥
嗟汝在途經日久
明明不曉却成迷

師和其韻以謝一衆搬土之勞

門前徑雨作高低
新到爲煩三擔泥

木平善道凡そ新到の来参有らば先ず三担の泥を担はしむ　偈に云く

南山《なんざん》は路仄《みちせま》く　東山《とうざん》は低《ひく》し
新到三担《しんとうさんたん》の泥《でい》を辞《じ》すこと莫《なか》れ
ああ汝《なんじ》は途《みち》に在《あ》って　日《ひ》を経《ふ》ること久《ひさ》しきに
明々《めいめい》たるも暁《さと》らず却《かえ》って迷《めい》を成《な》す

平起上平八齊

門前《もんぜん》　雨《あめ》を径《へ》て　高低《こうてい》と作《な》り
新到《しんとう》　為《ため》に煩《わずら》う　三担《さんたん》の泥《でい》

心地平來不干我
明明大道是誰迷

2　爲某大施食

生死涅槃非別場
踏飜地獄是天堂
看看七月殘炎裏
高搏秋風鴻雁翔

3　示不安即安居士

惟安惟不安
如入亦如出
自達夢幻幻

心地《しんち》　平《たい》らかにして　我干《われかん》せず
明々《めいめい》たる大道《だいどう》　是《こ》れ誰《たれ》か迷《まよ》わん

仄起下平七陽

生死《しょうじ》　涅槃《ねはん》　別場《べつじょう》に非《あら》ず
地獄《じごく》を踏翻《とうほん》すれば　是《こ》れ天堂《てんどう》
看《み》よ看《み》よ　七月《しちげつ》　残炎《ざんえん》の裏《うち》
高《たか》く秋風《しゅうふう》に搏《はば》たち　鴻雁《こうがん》　翔《か》ける

平起仄声質

これ安《あん》たるや　これ不安《ふあん》たるや
入《い》るるが如《ごと》く　亦出《またい》づるが如《ごと》し
自《おのずか》ら達《たっ》す　夢幻《むげん》の幻《げん》

法元非得失

法《ほう》は元《もと》　得失《とくしつ》に非《あら》ず

4　永住開山琴室契音大和尚遠忌

平起下平一先

調高二百有餘年
妙指妙音續斷弦
不信請看琴室外
風松雨竹響玄玄

調《しら》べは高《たか》し　二百有余年《にひゃくゆうよねん》
妙指《みょうし》　妙音《みょうおん》　断弦《だんげん》を続《つ》ぐ
信《しん》ぜずんば請《こ》う看《み》よ　琴室《きんしつ》の外《そと》
風松雨竹《ふうしょううちく》　響《ひび》き玄々《げんげん》

5　高祖忌逮夜

平起下平七陽

身心已脱落
乃作法中王
莫怪秋聲裏
桂花撲鼻香

身心《しんじん》　已《すで》に脱落《だつらく》
乃《すなわ》ち法中《ほうちゅう》の王《おう》となる
怪《あや》しむこと莫《なか》れ　秋声《しゅうせい》の裏《うち》
桂花《けいか》　鼻《はな》を撲《う》ちて香《かんば》し

6 同　午時

仄起上平一東

勘破異邦其氣雄
歸來空手立家風
休謂淨祖印高祖
日是朝朝出大東

異邦《いほう》を勘破《かんぱ》す　其気雄《そのきゆう》なり
空手《くうしゅ》で帰来《きらい》し　家風《かふう》を立《た》つ
謂《い》うを休《やす》めよ浄祖《じょうそ》が　高祖《こうそ》に印《いん》すと
日《ひ》は是《こ》れ朝々《ちょうちょう》　大東《だいとう》より出《い》づ

7 宇宙山乾坤院開山川僧慧済大和尚

平起下平七陽

川源深處得流長
萬世利濟仰徳光
且見高僧眞面目
溪邊秋菊帶霜香

川源深《せんげんふか》き処《ところ》　流《なが》れを得《え》ること長《なが》し
万世《ばんせい》の利済《りさい》　徳光《とくこう》を仰《あお》ぐ
且《しばら》く見《み》よ高僧《こうそう》の　真面目《しんめんもく》
渓辺《けいへん》の秋菊《しゅうぎく》　霜《しも》を帯《お》びて香《かんば》し

8　同二代逆翁宗順大和尚忌

曾遊苦海不迷方
順水逆風縦與横
堪笑此翁船没底
乾坤宇宙載揚揚
翠竹迎風搖密影
丹楓送雨映斜陽

9　和吐雲禪人投偈

飽參衲子已窮源
一句臨機堪報恩

平起下平七陽

曽《かつ》て苦海《くかい》に遊《あそ》ぶも　方《ほう》に迷《まよ》わず
順水逆風《じゅんすいぎゃくふう》　縦《たて》と横《よこ》と
笑《わら》うに堪《た》ゆ此《こ》の翁《おう》　船没底《せんもつてい》
乾坤宇宙《けんこんうちゅう》　載《の》せて揚々《ようよう》たり
翠竹《すいちく》　風《かぜ》を迎《むか》え　密影《みつよう》は揺《ゆ》れ
丹楓《たんぷう》　雨《あめ》を送《おく》り　斜陽《しゃよう》に映《えい》ず

済門之人也　平起上平十三元

飽参《ほうさん》の衲子《のつす》　已《すで》に源《げん》を窮《きわ》む
一句機《いっくき》に臨《のぞ》んで　報恩《ほうおん》に堪《た》ゆ

更有没弦琴上曲
感吟使我慚顔温

更《さら》に没弦《もつげん》　琴上《きんじょう》の曲《きょく》有《あ》り
感吟《かんぎん》　我《われ》をして　慚顔《ざんがん》を温《なご》ましむ

10　寄永安鈎玄禪師輪住於諸嶽山客秋有尾城相逢相別之事故句中及于此

金城一別二逢秋
獨對霜風思昔遊
羨老師窮祖山頂
紫袍影入北溟流

平起下平十一尤

金城《きんじょう》を一別《いちべつ》し　二《ふた》たび秋《あき》に逢《あ》う
独《ひと》り霜風《そうふう》に対《たい》し　昔遊《せきゆう》を思《おも》う
羨《うらや》む　老師《ろうし》が　祖山《そざん》の頂《いただき》を窮《きわ》むるを
紫袍《しほう》の影《かげ》は北溟《ほくめい》に入《い》って流《なが》る

11　九月十三夜

山月明兮山月明
倚欄不覺到三更

仄起下平八庚

山月明《さんげつあき》らかなり　山月明《さんげつあき》らかなり
欄《らん》に倚《よ》り　三更《さんこう》に到《いた》るを覚《おぼ》えず

前峯忽有松風響
落葉紛紛亂大晴

12

飢饉時示衆

盧陵米估雖愈貴
各自頼擔大福田
須他稲粱救飢饉
莫倣空腹高心禪

13

逢騷亂示衆

電光石火尋常事
震動地天何足驚

前峰《ぜんぽう》　忽《たちま》ち松風《しょうふう》の響《ひび》き有《あ》り
落葉紛々《らくようふんぷん》　大晴《だいせい》を乱《みだ》す

平起下平一先

盧陵《ろりょう》の米估《べいこ》　愈々《いよいよ》貴《とうと》しと雖《いえど》も
各自《かくじ》　頼《さいわ》いにも　大福田《だいふくでん》を担《にな》う
他《た》の稲粱《とうりょう》をもちい　飢饉《ききん》を救《すく》い
倣《なら》うこと莫《なか》れ空腹《くうふく》にして高心《こうしん》の禅《ぜん》を

天保七年丙申秋九月二十三日百姓一揆起

平起下平八庚

電光石火《でんこうせっか》　尋常《じんじょう》の事《こと》
震動《しんどう》す地天《ちてん》　何《なん》ぞ驚《おどろ》くに足《た》らんや

打破虚空須著眼
垂衣穆穆法王城

虚空《こくう》を打破《たは》し　須《すべか》く眼《め》を著《ちゃく》すべし
垂衣《すいえ》　穆々《ぼくぼく》　法王城《ほうおうじょう》

14　大鷲院開山心翁孚二世香山薫兩大和尚忌

平起上平十五刪

如人似虎亦何班
難辨二尊應現顔
纔撥一箭機未發
心翁遶樹上香山

人《ひと》の虎《とら》に似《に》たるが如《ごと》く　亦何《またなん》ぞ班《わか》たん
弁《べん》じ難《がた》し二尊《にそん》　応現《おうげん》の顔《かんばせ》
わずかに一箭《いっせん》を撥《はっ》するも　機《き》未《いま》だ発《はっ》せず
心翁《しんおう》　樹《き》を遶《めぐ》りて　香山《こうざん》　上《のぼ》る

15　賀大鷲雄公禪師初轉法輪

仄起下平一先

鷲嶺建幢非小縁
大雄寶殿會群仙
神通妙用思議外

鷲嶺《じゅりょう》に幢《はた》を建《た》つるは　小縁《しょうえん》に非《あら》ず
大雄宝殿《だいゆうほうでん》に　群仙《ぐんせん》を会《え》す
神通妙用《じんづうみょうゆう》　思議《しぎ》の外《ほか》

法食二輪轉得圓

16　同賀首座彭仙

彭仙元是菊慈童
不老山中爲老翁
八百春秋豈足筭
法身堅固有何窮

17　同

吸氣餐霞幾度秋
救生妙術自優優

『烏鵲楼高閑録』

法食《ほうじき》の二輪《にりん》　転《てん》じ得《え》て円《まどか》なり

平起上平一東

彭仙《ほうせん》元《もと》是《こ》れ　菊慈童《きくじどう》
不老山中《ふろうせんちゅう》　老翁《ろうおう》と為《な》る
八百春秋《はっぴゃくしゅんじゅう》　豈《あ》に算《かぞ》うるに足《た》らん
法身堅固《ほっしんけんご》　何《なん》ぞ窮《きわ》まること有《あ》らん

（注）彭仙首座をたたえ、菊を愛した仙人「彭祖長壽」の故事に依る。

仄起下平十一尤

気《き》を吸《す》い霞《かすみ》を餐《さん》す　幾度《いくたび》の秋《あき》
救生《ぐしょう》の妙術《みょうじゅつ》　自《おのず》から優々《ゆうゆう》

彭仙若是眞仙老
莫惜神潭菊水流

18 同

二十年來行脚力
一場法戰使人知
銅頭鐵額不能敵
三尺吹毛属手時

19 偶作

淡薄家風有勝規

彭仙《ほうせん》若《も》し是《こ》れ　真《しん》の仙老《せんろう》ならば
惜《お》しむこと莫《なか》れ神潭《しんたん》　菊水《きくすい》の流《なが》れを

（注）吸気餐霞——仙人の日常底。
神潭菊水——「風俗通」参照。

仄起上平四支

二十年来《にじゅうねんらい》　行脚《あんぎゃ》の力《ちから》
一場《いちじょう》の法戦《ほっせん》　人《ひと》をして知《し》らしむ
銅頭鉄額《どうとうてつがく》　敵《てき》すること能《あた》わず
三尺《さんじゃく》の吹毛《すいもう》　手《て》に属《ぞく》するの時《とき》

仄起上平四支

淡薄《たんぱく》なる家風《かふう》　勝規《しょうき》有《あ》り

鐵釘木札亦何辭
唯慚小徳臨稠衆
饕餮因循空送時

20 先師諱辰觀月有感

永夜更深眠未成
開窓山月照霜明
寒毛卓竪不忍見
髣髴先師活眼睛

鉄釘木札《てっていもくさつ》　亦何《またなん》ぞ辞《じ》せんや
唯《ただ》慚《は》ず小徳《しょうとく》にして　稠衆《ちゅうしゅう》に臨《のぞ》み
饕餮《とうてつ》の因循《いんじゅん》　空《むな》しく送《おく》る時《とき》

（注）饕餮――飲食をむさぼる悪獣の名、転じて修行を妨げる不届者。

仄起下平八庚

永夜《えいや》の更深《こうしん》　眠《ねむ》り未《いま》だ成《な》らず
窓《まど》を開《ひら》けば山月《さんげつ》　霜《しも》を照《て》らして明《あき》らかなり
寒毛卓竪《かんもうたくじゅ》　見《み》るに忍《しの》びず
髣髴《ほうふつ》たり先師《せんし》の　活眼睛《かつがんぜい》

（注）風外禅師は、だれもが恐れる先師狼奥龍禅師の唯一の弟子である。

21　爲正雲良覺居士秋月惠明大姉禪應覺定居士香語　平起下平八庚

雲間正見覺王城
簾外懸珠秋月明
一卽三兮三卽一
禪門開處勿相爭

雲間正《うんかんまさ》に見《み》る　覚王城《かくおうじょう》
簾外《れんがい》に珠《たま》を懸《か》く　秋月明《しゅうげつあき》らかなり
一即三《いちそくさん》や　三即一《さんそくいち》
禅門開《ぜんもんひら》く処《ところ》　相《あ》い争《きそ》うこと勿《なか》れ

22　雪中分衛（図二十二）　仄起上平十二文

凜凜北風頻送雲
羊腸山路雪紛紛
衆僧相與縮頭走
行乞聲寒似雁群

凛々《りんりん》たる北風《ほくふう》　頻《しき》りに雲《くも》を送《おく》り
羊腸《ようちょう》たる山路《さんじ》　雪紛々《ゆきふんぷん》
衆僧相《しゅそうあ》いともに　頭《こうべ》を縮《ちぢ》めて走《はし》り
行乞《ぎょうこつ》の声寒《こえさむ》うして　雁《かり》の群《む》れるに似《に》たり

23 成道會

多劫迷雲一夜開
光明赫曜出山來
諸天含笑盡相喜
外道呑聲堪自哀
咦
未假青帝行令手
暗發清香雪裏梅

24 成道忌

冷冷曉風透骨辰
愁眠恍惚夢愈新

仄起上平十灰

多劫《たごう》の迷雲《めいうん》　一夜《いちや》にて開《ひら》き
光明赫曜《こうみょうかくよう》として　出山《しゅっさん》し来《きた》る
諸天《しょてん》笑《わら》いを含《ふく》み　悉《ことごと》く相《あ》い喜《よろこ》び
外道《げどう》声《こえ》を呑《の》みて　自《みずか》ら哀《あわ》れみに堪《た》ゆ
咦《い》
未《いま》だ青帝《せいてい》の行令《ぎょうれい》の手《て》を仮《か》らずとも
暗《ひそか》に清香《せいこう》を発《はっ》す　雪裏《せつり》の梅《うめ》

仄起上平十一真

冷々《れいれい》たる暁風《ぎょうふう》　骨《ほね》に透《とお》るの辰《とき》
愁眠《しゅうみん》　恍惚《こうこつ》として　夢《ゆめ》　愈《いよいよ》　新《あらた》なり

瞿曇若是實開眼
四十九年何動脣

25　二祖忌

欲得安心處
須看斷臂時
全身放擲了
始掛本來衣

26　爲二尊宿香語

雙樹相倚寒岩隈
枝頭難辨雪耶梅

瞿曇《くどん》　若《も》し是《こ》れ　実《じつ》に開眼《かいげん》せずんば
四十九年《しじゅうくねん》　何《なん》ぞ脣《くちびる》を動《うご》かさん

仄起上平四支五微

安心《あんじん》の処《ところ》を得《え》んと欲《ほっ》せば
須《すべか》らく看《み》るべし断臂《だんぴ》の時《とき》を
全身《ぜんしん》を放擲《ほうてき》し了《おわ》つて
始《はじ》めて本来《ほんらい》の衣《え》を掛《か》く

（注）二祖――中国禅宗の二祖大祖慧可のこと。

仄起上平十灰

双樹《そうじゅ》相《あい》い倚《よ》る　寒岩《かんがん》の隈《くま》
枝頭《しとう》　弁《べん》じ難《がた》し　雪《ゆき》か梅《うめ》かと

二尊頼出那伽定
一色劫中轉歩來

27

岡崎駅舎偶見頼嚢子陪日野相公之
宴而書卽事一詩有感卒犁其韻
相公招飲卽事　頼嚢
禁樹蕭蕭聚暮鴉
彤雲深處是天家
日短相公朝退晩
坐看銀燭落高花

二尊《にそん》頼《さいわ》い出《い》づ　那伽定《なかじょう》
一色劫中《いっしきこうちゅう》　歩《ほ》を転《てん》じて来《きた》る

岡崎駅舎にて偶々頼嚢子の日野相公之宴に陪してそして即事に一詩を書するを見て感ありにわかに其韻をつぐ
相公招飲即事　頼嚢
禁樹《きんじゅ》蕭々《しょうしょう》　暮鴉《ぼあ》を聚《あつ》む
彤雲《とううん》深《ふか》き処《ところ》　是《こ》れ天家《てんか》
日《ひ》短《みじか》く相公《しょうこう》　朝《ちょう》　退《しりぞ》くこと晩《おそ》し
坐《そぞろ》に看《み》る銀燭《ぎんしょく》　高花《こうげ》に落《お》つるを

（注）山陽詩鈔新釈（書芸界二六六頁参照）。

鳳鸞固不類群鴉
文彩風流終作家
半面舊知雖隔世
遺章猶耐見心花

平起下平六麻

鳳鸞《ほうらん》もとより群鴉《ぐんあ》に類《るい》せず
文彩《もんさい》の風流《ふうりゅう》　終作家《しゅうさっけ》
半面《はんめん》の旧知《きゅうち》　世《よ》を隔《へだ》つと雖《いえど》も
遺章《いしょう》は猶《なお》　心花《しんげ》を見《み》るに耐《た》ゆ

28　覺性院大安長道居士三年忌

覺性元無性
何須勞再観
三回唯一歩
大道透長安

仄起上平十四寒

覚性《かくしょう》　もと無性《むしょう》
何《なん》ぞ須《もち》いん　再観《さいかん》を労《ろう》するを
三回《さんかい》　唯一歩《ただいっぽ》
大道《だいどう》　長安《ちょうあん》に透《とお》る

29
爲回本了國信士施食香語
此日大雪　平起下平十一尤
無生國裏無生客
南北東西任勝遊
非是遠兮非是近
看看今日雪如毬
無生国裏《むしょうこくり》　無生《むしょう》の客《かく》
南北東西《なんぼくとうざい》　勝遊《しょうゆう》に任《まか》す
是《こ》れ遠《えん》に非《あら》ず　是《こ》れ近《きん》に非《あら》ず
看《み》よ看《み》よ今日《こんにち》　雪《ゆき》　毬《まり》の如《ごと》きを
30
蕎麥供養之日寄典座
平起上平一東
温飩蕎麥雖品同
蕎麥最甚見化工
盤上平展徧世界
棒頭把住歸掌中
長如春雨灌新草
饂飩《うどん》(温飩)と蕎麥《そば》は品同《しなおな》じと雖《いえど》も
蕎麥《そば》は最《もっと》も化工《かこう》を見《み》るに堪《た》ゆ
盤上《ばんじょう》に平展《へいてん》すれば世界《せかい》に徧《あまね》く
棒頭《ぼうとう》に把住《はじゅう》すれば掌中《しょうちゅう》に帰《き》す
長《なが》きこと春雨《しゅんう》の新草《しんそう》に灌《そそ》ぐが如《ごと》く

纖似柳絲垂曉風
若是温涼能得半
醍醐妙味亦何窮

31　咏雪

天寒飜六出
風静欲昏時
片片鵞毛亂
紛紛柳絮飛
忽埋萬丈谷
直絶千差岐
最愛珠樓外
横斜玉樹枝

纖《ほそ》きこと柳糸《りゅうし》の暁風《ぎょうふう》に垂《た》るるに似《に》たり
若《も》し是《こ》れ温涼《おんりょう》　能《よく》半《なかば》を得《う》れば
醍醐《だいご》の妙味《みょうみ》　亦何《またなん》ぞ窮《きわ》まらん

平起上平四支五微

天寒《てんさむ》うして　六出《りくしゅつ》　翻《ひるが》えり
風静《かぜしず》かにして　昏《くれ》んと欲《ほっ》する時《とき》
片々《へんぺん》と　鵞毛《がもう》乱《みだ》れ
紛々《ふんぷん》と　柳絮《りょうじょ》飛《と》ぶ
忽《たちま》ち埋《う》づむ　万丈《ばんじょう》の谷《たに》
直《じき》に絶《た》ゆ　千差《せんさ》の岐《みち》
最《もつと》も愛《あい》す　珠楼《しゅろう》の外《そと》
横斜《おうしゃ》　玉樹《ぎょくじゅ》の枝《えだ》

『烏鵲楼高閑録』
32

爲某大姉年回

大圓鏡智遂無疵
莫怪死生來往空
不信君看霜夜曉
林間落月照西窓
平起上平一東三江

大円鏡智《だいえんきょうち》　遂《つい》に玷《きず》(疵)なし
怪《あやし》むこと莫《なか》れ死生来往《ししょうらいおう》　空《くう》なるを
信《しん》ぜずんば君看《きみみ》よ　霜夜《そうや》の暁《あかつき》
林間《りんかん》の落月《らくげつ》　西窓《せいそう》を照《て》らす
33

送禪客歸鄕

恁麼來亦恁麼去
去去來來鏡裏人
打破鏡兮須照影
百千三昧無非眞
平起上平十一真

恁麼《いんも》に来《きた》り亦《また》　恁麼《いんも》に去《さ》る
去々来々《きょきょらいらい》　鏡裏《きょうり》の人《ひと》
鏡《きょう》を打破《たは》し　須《すべから》く影《かげ》を照《て》らすべし
百千三昧《ひゃくせんさんまい》　真《しん》に非《あら》ざるは無《な》し

(注)　打破鏡——破鏡不重照(伝灯録参照)。

34　大安恒川大和尚忌

仄起上平十二文

大鷲當年爲煩君
安香一片今方焚
恒産珍味無人惜
川有澄流山有雲
　咦
昨夜屋頭風凜凜
今朝窓外雪紛紛

大鷲当年《だいじゅとうねん》　為《ため》に君《きみ》を煩《わずら》わし
安香一片《あんこういっぺん》　今方《いままさ》に焚《た》く
恒《つね》に珍味《ちんみ》を産《さん》するも　人《ひと》無《な》きを惜《おし》む
川《かわ》に澄流《ちょうりゅう》有《あ》り　山《やま》に雲《くも》有《あ》り
咦《いい》
昨夜《さくや》　屋頭《おくとう》　風《かぜ》　凜々《りんりん》
今朝《こんちょう》　窓外《そうがい》　雪《ゆき》　紛々《ふんぷん》

35　大賢廣道居士添菜

平起上平一東

大開門戸法王宮
賢聖由來住此中

大開《だいかい》す門戸《もんこ》　法王宮《ほうおうきゅう》
賢聖《けんしょう》　由来《ゆらい》　此中《このなか》に住《じゅう》す

廣廓十方無碧落
道從百尺竿頭通

36 雪中示衆

皚然只一色
回首感愈加
爲樂壺中夢
却疑劫外花
醉人誤落壑
飢鳥頻窺家
誰道豐年瑞
明珠何足誇

広廓十方《こうかくじっぽう》　碧落《へきらく》　無《な》し
道《みち》は百 尺竿頭《ひゃくしゃくかんとう》従《よ》り通《つう》ず

平起下平六麻

皚然《がいぜん》　只一色《ただいっしょく》
首《こうべ》を回《めぐ》らせば　感 愈 加《かんいよいよくわ》わる
為楽《いらく》　壺 中《こちゅう》の夢《ゆめ》
却《かえ》って疑《うたが》う　劫外《こうがい》の花《はな》かと
酔人《すいにん》　誤《あやま》つて壑《たに》に落《お》ち
飢 鳥《きちょう》　頻《しき》りに家《いえ》を窺《うかが》う
誰《だれ》か道《い》わん　豊年《ほうねん》の瑞《ずい》と
明珠《みょうじゅ》　何《なん》ぞ誇《ほこ》るに足《た》らん

37　大盡日示衆

滿目皚然積雪中
無端是日値年窮
人人須有轉身路
莫止單明一色功

38　送俊亮座元赴京

春風飛錫有期程
爲帯烟霞趣洛城
探盡上苑入仙窟
持來玉樹一枝香

仄起上平声一東

満目皚然《まんもくがいぜん》　積雪《せきせつ》の中《うち》
はしなくも是日《このひ》　年窮《ねんきゅう》に値《お》う
人々《にんにん》須《すべ》からく転身《てんしん》の路《みち》有《あ》るべし
単明一色《たんみょういっしき》の功《こう》に止《とど》まること莫《なか》れ

平起上平八庚七陽

春風《しゅんふう》に錫《しゃく》を飛《と》ばす　期程《きてい》有《あ》り
為《ため》に烟霞《えんあい》を帯《お》びて　洛城《らくじょう》に趣《おもむ》く
上苑《じょうえん》を探《さが》し尽《つ》くし　仙窟《せんくつ》に入《い》り
持《も》ち来《きた》る玉樹《ぎょくじゅ》　一枝《いっし》の香《こう》

39

寄興聖大英禪師

捨世情兮求道情
今時何處向同盟
京南幸有昔遊友
宇水秀兮朝日明

仄起上平八庚

捨世《しゃせ》の情《じょう》や　求道《ぐどう》の情《じょう》や
今時《こんじ》何《いず》れの処《ところ》にか　同盟《どうめい》に向《む》かわん
京南《けいなん》に幸《さいわ》い昔遊《せきゆう》の友《とも》有《あ》り
宇水《うすい》秀《ひい》でて　朝日《ちょうじつ》　明《あき》らかなり

40

寳室惠鏡信女

成神成佛是何身
寳鏡高懸堪照眞
百雜碎兮無止影
舊時人不舊時人

平起上平十一真

神《かみ》と成《な》り仏《ほとけ》と成《な》るは　是《こ》れ何《なん》の身《み》ぞ
宝鏡《ほうきょう》高《たか》く懸《かか》げ　真《しん》を照《て》らすに堪《た》ゆ
百雑砕《ひゃくざつすい》や　影《かげ》を止《とど》む無《な》く
旧時《きゅうじ》の人《ひと》は　旧時《きゅうじ》の人《ひと》にあらず

41　送轉錫

萬里西風一葉秋
虎鞋龍杖去悠悠
山中消息有人問
莫語四時無事遊

仄起下平十一尤

万里《ばんり》の西風《せいふう》　一葉《いちよう》の秋《あき》
虎鞋《こあい》竜杖《りゅうじょう》　去《さ》つて悠々《ゆうゆう》
山中《さんちゅう》の消息《しょうそく》　人《ひと》の問《と》う有《あ》らば
語《かた》ること莫《なか》れ四時《しじ》　無事《ぶじ》に遊《あそ》ぶと

42　病後閑行

龍鐘病後軀
試歩未能奔
扶杖出幽谷
渡橋到遠村
金風乍拂面

平起上平十三元

竜鐘《りゅうしょう》たり　病後《びょうご》の躯《み》
歩《ほ》を試《こころ》むるも　未《いま》だ奔《はし》ること能《あた》わず
杖《つえ》に扶《たよ》りて　幽谷《ゆうこく》を出《い》で
橋《はし》を渡《わた》りて　遠村《えんそん》に到《いた》る
金風《きんぷう》　乍《たちま》ち面《めん》を払《はら》い

木葉欲歸根
山野方秋色
唯憐松菊存

43 永平忌

身心脱落爲邊秋
脱落身心悲昔遊
空手還郷言在耳
三年一閏耐恩讐

44 九月五日欲遊名古屋示留護

重陽日已近
吾欲上他山

『烏鵲楼高閑録』

木葉《もくよう》 根《こん》に帰《かえ》らんと欲《ほっ》す
山野《さんや》 方《まさ》に秋色《しゅうしょく》
唯《ただ》憐《あわれ》む 松菊《しょうぎく》の存《そん》するを

平起下平十一尤

身心脱落《しんじんだつらく》 辺秋《へんしゅう》を為《おも》い
脱落身心《だつらくしんじん》 昔遊《せきゆう》を悲《あわれ》む
空手還郷《くうしゅげんきょう》 言《ごん》は耳《みみ》に在《あ》り
三年一閏《さんねんいちじゅん》 恩讐《おんしゅう》に耐《た》ゆ

平起上平十五刪

重陽《ちょうよう》の日《ひ》すでに近《ちか》く
吾《われ》他山《たざん》に上《のぼ》らんと欲《ほっ》す

唯有籬邊菊
應慰留護閑

45 請雪竇圜悟兩禪師茶湯

報恩曾用火
含恨再揚波
今慣唱巴曲
欲調天上歌

46 碧巌開講

猿鶴心肝荊棘唇
舌根纔動馬嚬呻
重陽九月菊花節

唯《ただ》 籬辺《りへん》の菊《きく》 有《あ》り
応《まさ》に留護《りゅうご》の閑《かん》を慰《なぐさ》むべし

平起下平五歌

恩《おん》に報《むく》いるに 曽《かつ》て火《あかり》を用《もち》い
恨《うら》みを含《ふく》みて 再《ふたた》び波《なみ》を揚《あ》ぐ
今《いま》は慣《な》る 巴曲《はきょく》を唱《うた》うに
調《ちょう》せんと欲《ほっ》す 天上《てんじょう》の歌《うた》

仄起上平十一真

猿鶴《えんかく》の心肝《しんかん》と 荊棘《けいきょく》の唇《くちびる》と
舌根《ぜっこん》わずかに動《うご》けば 馬《ば》 嚬呻《ひんしん》す
重陽九月《ちょうようくげつ》 菊花《きっか》の節《せつ》

莫怪慚顔霜葉新

47　上眞弓古城

弓嶽巍然隣我峯
陰陰殺氣有時雍
偶登欲問忠雄事
城跡都無千歳松

48　碧巌講了

風外却被吹業風
悪寒發熱苦辛窮
忽知頭痛卽疝氣

『烏鵲楼高閑録』

怪《あや》しむこと莫《なか》れ慚顔《ざんがん》に　霜葉《そうよう》の新《あら》たなるを

仄起上平二冬

弓嶽《きゅうがく》巍然《ぎぜん》として　我《わ》が峰《ほう》に隣《りん》す
陰々《いんいん》たる殺気《さっき》　時雍《じよう》有《あ》り
偶々登《たまたまのぼ》り忠雄《ちゅうゆう》の事《じ》を問《と》わんと欲《ほっ》するも
城跡《じょうし》都《すべ》て無《な》し　千歳《せんざい》の松《まつ》

（注）時雍——民やわらぎてやすし。

仄起上平一東

風外《ふうがい》却《か》って業風《ごうふう》に吹《ふ》かれ
悪寒発熱《おかんはつねつ》　苦辛《くしん》窮《きわ》む
忽《たちま》ち知《し》る頭痛《ずつう》　即《すなわ》ち疝気《せんき》なるを

收得葛藤百則終

49 寄貞山長老在京師

金鱗城外知音少
行路無人相與携
霜氣頻催秋日暮
爲君遙望白雲西

50 發名府赴矢坂之作

金城東路暮秋天
行闢輿窓望四邊
二十里程晝與夜
半分風色半蒼然

葛藤《かっとう》を収《おさ》め得《え》て　百則《ひゃくそく》終《お》わる

平起上平八齊

金鱗城外《きんりんじょうがい》　知音《ちいん》少《まれ》なり
行路《こうろ》　人《ひと》の相《あ》いともに携《たずさ》うるなし
霜気《そうき》頻《しき》りに催《もよお》す　秋日《しゅうじつ》の暮《くれ》
君《きみ》が為《ため》に遥《はる》かに望《のぞ》む　白雲《はくうん》の西《にし》

此日半路日沈西　平起下平一先

金城《きんじょう》の東路《とうろ》　暮秋《ぼしゅう》の天《てん》
行《ゆ》くゆく輿窓《よそう》を闢《ひら》き　四辺《しへん》を望《のぞ》む
二十里程《にじゅうりてい》　昼《ひる》と夜《よる》と
半《なか》ば風色《ふうしょく》を分《わ》かち　半《なか》ば蒼然《そうぜん》

51

久嶽山爲秋雨留一日呈堂頭和尚

昨夜暗中登此山
今朝怪見異人間
主翁果有神仙術
秋雨留吾教不還

仄起上平十五刪

昨夜暗中《さくやあんちゅう》　此《こ》の山《やま》へ登《のぼ》り
今朝《こんちょう》怪《あや》しみ見《み》る　人間《じんかん》と異《こと》なるを
主翁《しゅおう》果《はた》して神仙《しんせん》の術《じゅつ》　有《あ》りや
秋《しゅう》雨《う》吾《われ》を留《とど》めて　還《かえ》らざらしむ

52

達祖忌（図十二）

南天稱太子
東土作宗師
驀驀呼來見
本名不可知

平起上平四支

南天《なんてん》に　太子《たいし》と称《しょう》し
東土《とうど》に　宗師《しゅうし》となす
驀々《まくまく》と呼《よ》び来《きた》らるも
本名《ほんみょう》は知《し》るべからず

53
同

幽谷深林裏
一枝霜葉紅
祖師眞面目
誰不仰高風

54
鐵笛倒吹開講

倒吹鐵笛人何處
裂破虛空曲自高
慚愧我儕徒費力
強弩箭末不穿縞

仄起上平一東

幽谷《ゆうこく》　深林《しんりん》の裏《うち》
一枝《いっし》　霜葉《そうよう》　紅《くれない》なり
祖師《そし》の真面目《しんめんもく》
誰《たれ》か高風《こうふう》を仰《あお》がざらんや

平起下平四豪一先

鉄笛《てつてき》を倒吹《とうすい》す　何《いず》れの処《ところ》の人《ひと》ぞ
虚空《こくう》を裂破《れっぱ》し　曲《きょく》　自《おのずか》ら高《たか》し
我《わ》が儕《とも》に慚愧《ざんき》す　徒《いたず》らに力《ちから》を費《つい》やすと
強弩《きょうど》の箭末《せんまつ》　縞《こう》をも穿《うが》たず

『烏鵲楼高閑録』

55　玉峯道燦居士施食

三陽雨霽欲倚檻
信北遠山積雪寒
此是玉峯活消息
道人何用入禪観

56　初冬自名古屋歸飯盛

忽思仙窟辭金城
遂策小春歸飯盛
谷口浮雲如出待
門前流水似來迎
晝行疲處舊氈厚

平起上平十四寒

三陽《さんよう》　雨霽《あめは》れて　檻《かん》に倚《よ》らんと欲《ほっ》す
信北《しんほく》の遠山《えんざん》　積雪寒《せきせつさむ》し
此《こ》れは是《こ》れ玉峰《ぎょくほう》の　活消息《かつしょうそく》なり
道人何《どうにんなん》ぞ用《もち》いん　禅観《ぜんかん》に入《い》るを

平起下平八庚

忽《たちま》ち仙寰《せんかん》を思《おも》い　金城《きんじょう》を辞《じ》し
遂《つい》に小春《しょうしゅん》に策《つえ》きて　飯盛《はんせい》へ帰《かえ》る
谷口《こくこう》の浮雲《ふうん》　出《い》でて待《ま》つが如《ごと》く
門前《もんぜん》の流水《りゅうすい》　来《きた》りて迎《むか》うるに似《に》たり
昼行疲《ちゅうこうつか》るる処《ところ》　旧氈厚《きゅうせんあつ》く

夜坐靜時新月明
世上紅塵追不到
山中實可托餘生

57 冬夜偶作

永夜沈沈不勝情
爐邊獨座一詩成
朗吟幾度無聽者
唯有猫兒瞠眼睛

58 十六羅漢贊（図十三）

厠屋群閑鬼
雍雍隨汝來

夜坐《やざ》 静《しず》かなる時《とき》 新月明《しんげつあき》らかなり
世上《せじょう》の紅塵《こうじん》 追《お》うて到《いた》らず
山中《さんちゅう》 実《じつ》に 余生《よせい》を托《たく》すに可《よろ》し

仄起下平八庚

永夜沈々《えいやちんちん》 情《じょう》に勝《た》えず
炉辺《ろへん》に独座《どくざ》し 一詩成《いっしな》る
朗吟幾度《ろうぎんいくたび》するも 聴《き》く者《もの》無《な》し
唯《ただ》猫児《みょうじ》有《あ》りて 眼睛《がんぜい》を瞠《みは》る

仄起上平十灰

厠屋《しおく》 閑鬼《かんき》群《むら》がり
雍々《ようよう》として 汝《なんじ》に随《したが》い来《きた》る

衆生心水裏
恐是引塵埃

59　正榮開山忌

一莖草裏藏身後
二十三年不食人
此日雪中登立岩
依然逢着法狼瞋

60　正榮開山忌　塔婆銘

満目皚然雪轉多
先師靈骨出山河
陳年佛法不要問

『烏鵲楼高閑録』

衆生《しゅじょう》　心水《しんすい》の裏《うち》
恐《おそ》らくは是《こ》れ　塵埃《じんあい》を引《ひ》かん

此日雪深三尺　平起上平十一真

一茎草裏《いっきょうそうり》に　身《み》を蔵《かく》して後《のち》
二十三年《にじゅうさんねん》　不食《ふじき》の人《ひと》
此日《このひ》雪中《せっちゅう》　立岩《たていわ》に登《のぼ》り
依然《いぜん》として逢着《ほうちゃく》す　法狼《ほうろう》の瞋《しん》

仄起下平五歌

満目皚然《まんもくがいぜん》として　雪《ゆき》転《うた》た多《おお》し
先師《せんし》の霊骨《れいこつ》　山河《さんが》に出《い》づ
陳年《ちんねん》の仏法《ぶっぽう》　問《と》うを要《よう》せず

凜裂風操還見麼

61 雪晨示衆

昨夜虛空燼爲灰
今朝只見白皚皚
法狼蹤跡擬相覓
頑石點頭笑滿腮

62 半夏示衆

爲老僧頻吹鐵笛
虛空散亂似鷺毛
白皚皚處寒威切
莫怪從來雪曲高

凜裂《りんれつ》たる風操《ふうそう》　還《ま》た見《み》るやいなや

仄起上平十灰

昨夜《さくや》虚空《こくう》　燼《じん》　灰《かい》となり
今朝《こんちょう》只《ただ》見《み》る　白皚々《はくがいがい》
法狼《ほうろう》の蹤跡《しょうせき》　相《あ》い覓《もと》めんと擬《ぎ》すれば
頑石点頭《がんせきてんとう》し　笑《わら》い腮《あご》に満《み》つ

仄起下平四豪

老僧《ろうそう》頻《しき》りに　鐵笛《てつてき》を吹《ふ》くが為《ため》に
虚空散乱《こくうさんらん》し　鷺毛《がもう》に似《に》たり
白皚々《はくがいがい》の処《ところ》　寒威切《かんいせつ》なり
怪《あや》しむこと莫《なか》れ従来《じゅうらい》　雪曲《せっきょく》の高《たか》きを

63 成道會（図九）

如來成道曉
歡喜耐開眉
我却添愁苦
人天誰得知

64 成道會

瞿曇眼是山僧眼
且掛虚空照大千
照大千兮如黒漆
森羅萬象影何鮮

平起上平四支

如来《にょらい》　成道《じょうどう》の暁《あかつき》
歓喜《かんき》し　眉《び》を開《ひら》くに耐《た》う
我却《われかえ》って　愁苦《しゅうく》を添《そ》う
人天《にんでん》　誰《たれ》か知《し》るを得《え》ん

平起下平一先

瞿曇《くどん》の眼《まなこ》は是《こ》れ　山僧《さんぞう》の眼《まなこ》
且《しばら》く虚空《こくう》に掛《か》けて　大千《だいせん》を照《て》らす
大千《だいせん》を照《て》らすも　黒漆《こくしつ》の如《ごと》し
森羅万象《しんらまんぞう》　影《かげ》何《なん》ぞ鮮《あざ》やかならん

65

斷臂會示衆

捨身求法大禪師
古往今來更有誰
斷臂兒孫無斷臂
冷風拂面則攢眉

66

山僧拶曰　有我於先師不傳之法　汝還知麼　然曰不知　又曰已是不知　他日如何傳示　然曰一二三四五六　曰如是如是　於是示偈其偈云

平起下平四支

捨身求法《しゃしんぐほう》の　大禅師《だいぜんじ》
古往今来《こおうこんらい》　更《さら》に誰《たれ》か有《あ》らん
断臂《だんぴ》の児孫《じそん》に　断臂《だんぴ》無《な》し
冷風《れいふう》　面《おもて》を払《はら》うて　則《すなわ》ち眉《び》を攢《あつ》む

山僧拶して曰く、我に先師の不伝の法有り、汝還って知るや、然るに曰く不知と　又曰く已に是れ不知と、他日如何が伝示せん、然るに曰く一二三四五六、曰く如是如是と是に於いて偈に示す、其の偈に云く

一二三兮四五六
不傳消息有誰知
灯籠露柱誾誾笑
父子相逢相語時

仄起上平四支

一二三《いちにいさん》　四五六《しごろく》
不伝《ふでん》の消息《しょうそく》　誰《たれ》か知《し》る有《あ》らん
灯籠露柱《とうろうろちゅう》　誾々《ぎんぎん》として笑《わら》う
父子《ふし》相《あ》い逢《お》うて　相《あ》い語《かた》る時《とき》

67

昔日北禪烹露地於白牛以分歳　山僧　今夜殺佛殺祖以分歳　何故如此山僧乏白牛北禪無佛祖　諸仁者還會麼

昔日、北禅　露地に白牛を烹て　以て歳を分かつ、山僧、今夜殺仏殺祖　以て歳を分かつ何故此の如くか　山僧には白牛に乏しく　北禅には仏祖無し　諸仁者還えって会するや

瑞靄擁金殿
祥雲遶紫微
堯風最耐扇
萬國祝春時

68
偶成

避暑禦寒一室中
無端此夜値年窮
有人若問變通趣
老病相加心不雄

仄起上平五微四支

瑞靄《ずいあい》　金殿《きんでん》を擁《よう》し
祥雲《しょううん》　紫微《しび》を遶《めぐ》る
尭風《ぎょうふう》　最《もっと》も扇《あお》ぐに耐《た》う
万国《ばんこく》　春《はる》を祝《いわ》うの時《とき》

仄起上平一東

暑《しょ》を避《さ》け寒《かん》を禦《ふせ》ぐ　一室《いっしつ》の中《うち》
はしなく此夜《このよ》　年窮《ねんきゅう》に値《あ》う
人《ひと》有《あ》り若《も》し変通《へんづう》の趣《おもむき》を問《と》わば
老病《ろうびょう》相《あ》い加《くわ》わりて　心《こころ》　雄《ゆう》ならずと

69
賀無關具壽罷參盛事

舊時人不舊時顔
透得無關設有關
向去禪流休進歩
平坦路上却難攀

平起上平十五刪

旧時《きゅうじ》の人《ひと》は　旧時《きゅうじ》の顔《かお》にあらず
無関《むかん》を透得《とうとく》して　有関《うかん》を設《もう》く
禅流《ぜんりゅう》に向《む》かって　歩《ほ》を進《すす》むるを休《や》めよ
平坦《へいたん》路上《ろじょう》　却《かえ》って攀《よ》じ難《がた》し

70
無題

行脚人兮行脚人
逾山渡水勝遊新
煙霞深處追花去
請且歸來落葉辰

仄起上平十一真

行脚《あんぎゃ》の人《ひと》や　行脚《あんぎゃ》の人《ひと》
山《やま》を逾《こ》え水《みず》を渡《わた》り　勝遊《しょうゆう》　新《あら》たなり
煙霞《えんか》深《ふか》き処《ところ》　花《はな》を追《お》うて去《さ》る
請且《しょうしゃ》す帰《かえ》り来《きた》るは落葉《らくよう》の辰《しん》にと

71　般若轉讀

仄起上平七虞
四海清如鏡
一天圓似珠
摩訶般若波羅蜜
轉去轉來風色殊
四海《しかい》　清《きよ》きこと鏡《かがみ》の如《ごと》く
一天《いってん》　円《まど》かなること珠《たま》に似《に》たり
摩訶般若波羅蜜《まかはんにゃはらみつ》
転《てん》じ去《さ》り転《てん》じ来《きた》つて　風色《ふうしょく》殊《しゅ》なり

72　無題

平起上平十四寒一先
洞然劫火亦須觀
燒破大千一不殘
此是如來眞秘曲
門門戸戸自相傳
洞然《とうねん》たる劫火《ごうか》　亦《ま》た須《すべか》らく観《かん》ずべし
大千《だいせん》を焼破《しょうは》し　一《い》つも残《のこ》さず
此《これ》は是《こ》れ如来《にょらい》の　真秘曲《しんひきょく》
門々戸々《もんもんここ》　自《おのずか》ら相伝《そうでん》す

73

施食二首

風輕春日暖
林外自催花
黄鳥數聲裏
倚欄堪喫茶

74

又

深山幽谷裏
春到有花開
妙趣離言語
何假斷舌才

平起下平六麻

風軽《かぜかろ》やかに　春日《しゅんじつ》暖《あたた》かなり
林外《りんがい》　自《おのずか》ら花《はな》を催《もよお》す
黄鳥《こうちょう》　数声《すうせい》の裏《うち》
欄《らん》に倚《よ》りて　喫茶《きっさ》に堪《た》ゆ

平起上平十灰

深山《しんざん》　幽谷《ゆうこく》の裏《うち》
春到《はるいた》り　花《はな》の開《ひら》く有《あ》り
妙趣《みょうしゅ》　言語《ごんご》を離《はな》れ
何《なん》ぞ断舌《だんぜつ》の才《さい》を仮《か》らん

75

涅槃忌

人間天上勿長嗟
外道破旬無不嘉
黄面老兮黄面老
春風引雨打梅花

76

又

打破三千界
全身無處藏
誰知夜半滅
歩歩自迷方

平起下平六麻

人間天上《にんげんてんじょう》　長嗟《ちょうさ》すること勿《なか》れ
外道波《げどうは》(破)旬《じゅん》も　嘉《よろこ》ばざるはなし
黄面《おうめん》の老《ろう》や　黄面《おうめん》の老《ろう》
春風雨《しゅんぷうあめ》を引《ひ》き　梅花《ばいか》を打《う》つ

（注）外道波旬——仏教を信じない人や悪人たちのこと。

仄起下平七陽

打破《たは》す　三千界《さんぜんかい》
全身《ぜんしん》　蔵《かく》す処《ところ》なし
誰《だれ》か知《し》らん　夜半《やはん》に滅《めっ》し
歩々《ぼぼ》　自《みずか》ら方《ほう》に迷《まよ》うを

77

寄大悦禪師

雲山遙隔夢中人
道履猶存南海濱
偶讀恵書如一室
涙盈掌裏喜難伸

平起上平十一真

雲山《うんざん》遥《はる》かに隔《へだ》つ　夢中《むちゅう》の人《ひと》
道履《どうり》なお存《そん》す　南海《なんかい》の浜《はま》
たまたま恵書《けいしょ》を読《よ》む　如一《にょいつ》の室《しつ》
涙《なみだ》は掌裏《しょうり》に盈《み》ちて　喜《よろこ》び伸《の》ぶるに難《かた》し

78

施食二首

百花爭色日
群鳥發歌時
既在神仙窟
何妨忘世嬉

平起上平四支

百花《ひゃっか》　色《いろ》を争《あらそ》うの日《ひ》
群鳥《ぐんちょう》　歌《うた》を発《はっ》するの時《とき》
既《すで》に神仙《しんせん》の窟《くつ》に在《あ》り
何《なん》ぞ忘世《ぼうせ》の嬉《き》を妨《さまた》げん

79

亦

春山雨霽孰看花
香露含珠色轉加
此日含靈知足不
由來家富小兒奢

80

無題

三月桃花雨最多
溪流唯見激高波
人人自有通天路
一躍揚揚急驀過

平起下平六麻

春《しゅん》山《ざん》雨《あめ》霽《は》れ　孰《たれ》か花《はな》を看《み》む
香露《こうろ》珠《たま》を含《ふく》んで　色転《いろうた》た加《くわ》う
此日《このひ》含霊《がんれい》　足《た》るを知《し》るやいなや
由来《ゆらい》　家富《いえと》みて　小児《しょうじ》奢《おご》る

仄起下平五歌

三月《さんげつ》　桃花《とうか》　雨《あめ》最《もっと》も多《おお》し
渓流《けいりゅう》唯《ただ》見《み》る　高波《こうは》の激《げき》するを
人々《にんにん》 自《おのずか》ら通天《つうてん》の路《みち》あり
一躍《いちやく》揚々《ようよう》　急《きゅう》 驀過《まくか》

81

爲諦道惠観和尚

如是法兮如是法
諦観萬事皆玄玄
惠光自不單明相
纔渉二念五十年
仄起下平一先

如是《にょぜ》の法《ほう》や　如是《にょぜ》の法《ほう》
万事《ばんじ》を諦観《たいかん》すれば　皆玄々《みなげんげん》
恵光《えこう》は　自《おのずか》ら単明《たんめい》の相《そう》にあらず
纔《わずか》に渉《わた》る二念《にねん》と　五十年《ごじゅうねん》
82

賀永澤禪寺鑄巨鐘

紅爐焔裏大鐘新
橐籥妙機驚四隣
最喜龍頭擡永澤
吟聲從是救迷倫
平起上平十一真

紅炉焔裏《こうろえんり》　大鐘《だいしょう》新《あら》たなり
橐籥《たくやく》の妙機《みょうき》　四隣《しりん》を驚《おどろ》かす
最《もっと》も喜《よろこ》ぶ竜頭《りゅうとう》　永沢《ようたく》に抬《もた》げるを
吟声《ぎんせい》　是《これ》従《よ》り　迷倫《めいりん》を救《すく》う

(注) 橐籥 ―― ふいごのこと。

83 開山忌三首

雲覆春山雨若煙
鳥鳴花落自蕭然
此時不待嵐風起
須見白峯聳碧天

84 開山忌　其二

想像開祖得摩尼
草屋半間安一枝
今日樓觀雖最美
有人無法豈勝悲

仄起下平一先

雲《くも》は春山《しゅんざん》を覆《おお》い　雨《あめ》は煙《け》ぶるが若《ごと》し
鳥《とり》鳴《な》き花《はな》落《お》ちて　自《おのずか》ら蕭然《しょうねん》たり
此時《このとき》待《ま》たず　嵐風《らんぷう》の起《お》こるを
須《すべか》らく見《み》るべし白峰《はくほう》　碧天《へきてん》に聳《そび》ゆるを

平起上平四支

想像《そうぞう》す開祖《かいそ》　摩尼《まに》を得《え》たるを
草屋半間《そうおくはんげん》　一枝《いっし》を安《やすん》ず
今日楼観《こんにちろうかん》　最《もっ》とも美《び》なりと雖《いえど》も
人《ひと》有《あ》り法《ほう》無《な》く　豈悲《あにかな》しむに勝《た》えんや

85

開山忌　其三

春山是日雨初晴
洗出錦屏彩色明
最愛中峯坐禪石
煙霞影裏緑苔清

平起下平八庚

春山《しゅんざん》是《こ》の日《ひ》　雨《あめ》初《はじ》めて晴《は》れ
洗《あら》い出《いだ》す錦屏《きんびょう》　彩色《さいしき》明《あき》らかなり
最《もっと》も愛《あい》す中峰《ちゅうほう》の　坐禅石《ざぜんせき》
煙霞影裏《えんかえいり》　緑苔《りょくたい》清《きよ》し

86

佛誕生二首（図十九）

不自天下
何從地生
踏飜法界
七歩周行

仄起上平十灰

天《てん》より下《くだ》らず
何《なん》ぞ地《ち》より生《しょう》ぜん
法界《ほっかい》を踏翻《とうほん》し
七歩《しちほ》 周行《しゅうこう》す

87　又

欲見誕生王子面
幾人空向外邊求
雲門一棒雖知處
亦是追他終未休

88　釜淵施食

衆生苦樂有何窮
避火無端投溺終
今用燃犀纔照水
龍魚盡在法王宮

仄起下平十一尤

誕生王子《たんじょうおうじ》の面《めん》を見《み》んと欲《ほっ》し
幾人《いくにん》か空《むな》しく外辺《げへん》に向《むか》って求《もと》む
雲門《うんもん》の一棒《いちぼう》　知《し》る処《ところ》と雖《いえど》も
亦是《またこ》れ他《た》を追《お》うて　終《つい》に未《いま》だ休《きゅう》せず

平起上平一東

衆生《しゅじょう》の苦楽《くらく》　何《なん》の窮《きわま》りか有《あ》らん
火《ひ》を避《さ》けはしなく　投溺《とうでき》し終《お》わる
今燃犀《いまねんさい》を用《もち》い　纔《わずか》に水《みず》を照《て》らせば
竜魚《りゅうぎょ》尽《ことごと》く法王宮《ほうおうきゅう》に在《あ》り

（注）燃犀――犀の角を燃やし淵の底まで見たという故事。

89　碧巌集開講

門前麦欲熟
日日雨何頻
空労舌耕事
終恐不食新

永住寺分　平起上平十一真

門前《もんぜん》の麦《むぎ》熟《う》れんと欲《ほっ》するも
日々《ひび》の雨何《あめなん》ぞ頻《しきり》ならん
空《むな》しく労《ろう》す　舌耕《ぜっこう》の事《こと》
終《つい》に恐《おそ》る　新《しん》を食《しょく》せざるを

90　又

悠悠霖雨日如年
老衲乗閑虚説禅
雅客高聞須洗耳
溶溶流水満豊川

平起下平一先

悠々《ゆうゆう》たり霖雨《りんう》　日《ひび》　年《ねん》の如《ごと》し
老衲閑《ろうのうかん》に乗《じょう》じて　虚《むな》しく禅《ぜん》を説《と》く
雅客高聞《がかくこうもん》して　須《すべから》く耳《みみ》を洗《あら》うべし
溶々《ようよう》たる流水《りゅうすい》　豊川《とよがわ》に満《み》つ

91

無題

山谷途窮處
桂花撲鼻開
秋雲生脚下
拍手笑哈哈

仄起上平十灰

山谷《さんこく》　途窮《みちきわ》まる処《ところ》
桂花《けいか》　鼻《はな》を撲《う》ちて開《ひら》く
秋雲《しゅううん》　脚下《きゃっか》に生《しょう》じ
手《て》を拍《う》ち　笑《わら》い哈々《かいかい》

92

途中逢雨宿鷺堂頭大和尚和尊偈

途中傾蓋雖怱卒
目撃道存相見新
更有高調一篇賜
始知君子雅情親

平起上平十一真

途中《とちゅう》傾蓋《けいがい》　怱卒《そうそつ》と雖《いえど》も
道《みち》の存《そん》するを目撃《もくげき》して　相見《しょうけん》新《あら》たなり
更《さら》に高調《こうちょう》なる　一篇《いっぺん》を賜《たま》う有《あ》り
始《はじ》めて知《し》る君子《くんし》の　雅情《がじょう》の親《した》しきを

93
無題

黒雲猶未散
林上蟬吟多
蕭颯清風外
回頭秋日斜

94
賀不言長老首職

非是羆兮非大蟲
恰如獅子出林叢
哮吼自在不言裏
百獸聞之耳必聾

平起下平六麻

黒雲《こくうん》　猶《なお》未《いま》だ散《さん》ぜざるも
林上《りんじょう》　蟬《せみ》の吟《ぎん》ずること多《おお》し
蕭颯《しょうさつ》たり　清風《せいふう》の外《ほか》
頭《こうべ》を回《めぐ》らせば　秋日《しゅうじつ》　斜《なな》めなり

仄起上平一東

是《こ》れ羆《ひぐま》に非《あら》ず　大虫《だいちゅう》に非《あら》ず
恰《あたか》も獅子《しし》の叢林《そうりん》に出《い》づが如《ごと》し
哮吼《こうく》自在《じざい》　不言《ふげん》の裏《うち》
百獣《ひゃくじゅう》これを聞《きき》て　耳《みみ》必《かなら》ず聾《ろう》せん

95 賀永昌堂頭轉法輪

永年抱志道愈盛
唱起宗風非世榮
天上人間歸徳日
龍吟虎嘯自相成

96 賀正道首座

無爲正道自然圓
常樂山頭領半筵
三尺吹毛乃属手
不妨動地亦驚天

平起下平八庚

永年《えいねん》 志《こころざし》を抱《いだ》き 道《みち》愈《いよいよ》盛《さか》んなり
宗風《しゅうふう》を唱起《しょうき》するは 世栄《せえい》に非《あら》ず
天上人間《てんじょうにんげん》 徳《とく》に帰《き》するの日《ひ》
竜吟《りゅうぎん》じ虎嘯《とらうそぶ》き 自《おのずか》ら相《あ》い成《な》る

平起下平一先

無為《むい》の正道《しょうどう》 自然《じねん》に円《まど》かなり
常楽山頭《じょうらくさんとう》 半筵《はんえん》を領《おさ》む
三尺《さんじゃく》の吹毛《すいもう》 なんじの手《て》に属《ぞく》し
動地《どうち》と驚天《きょうてん》を妨《さまた》げず

97

夢覺有感

幾度死兮幾度生
生生死死夢中行
使令惺覺乃知夢
亦是夢中瞬息榮

98

開講

種田男女發歌群
助曲蛙鳴不耐聞
此是現成公案外
衲僧何更覓慇懃

仄起下平八庚

幾度《いくたび》か死《し》し　幾度《いくたび》か生《しょう》ず
生々死々《しょうしょうしし》　夢中《むちゅう》に行《い》く
たとえ惺覚《せいがく》して　乃《すなわ》ち夢《ゆめ》と知《し》るも
亦《また》是《こ》れ夢中《むちゅう》　瞬息《しゅんそく》の栄《さかえ》

平起上平十二文

種田《しゅでん》の男女《なんにょ》　歌《うた》を発《はっ》して群《む》れ
助曲《じょきょく》の蛙鳴《あめい》　聞《き》くに耐《た》えず
此《これ》は是《こ》れ現成公案《げんじょうこうあん》の外《ほか》
衲僧《のうそう》何《なん》ぞ更《さら》に　慇懃《おんごん》を覓《もと》めんや

99　端午

南風徐去緑蒲新
角黍龍團養病身
此日松江水如鏡
魚舟休問獨醒人

100　壽考院忠山良功居士

壽考非只載白髪
忠山高處見良功
善哉七十餘年曲
妙法聲朗徹大空

平起上平十一真

南風《なんぷう》おもむろに去《さ》り　緑《りょく》蒲《ほ》新《あら》たなり
角黍《かくじょ》竜団《りょうだん》　病身《びょうしん》を養《やしな》う
此《こ》の日《ひ》松江《まつえ》　水《みず》は鏡《かがみ》の如《ごと》し
魚舟《ぎょしゅう》　問《と》うを休《や》めよ　独醒《どくせい》の人《ひと》

仄起上平一東

寿考《じゅこう》はただ白髪《はくはつ》を載《の》すのみに非《あら》ず
忠山《ちゅうざん》の高処《こうしょ》　良功《りょうこう》を見《み》る
善哉《ぜんざい》七十《しちじゅう》余年《よねん》の曲《きょく》
妙法《みょうほう》の声《こえ》は朗《ほが》らかに　大空《たいくう》に徹《てつ》す

101 戒會啓建永昌寺

五月田村梅熟時
乗晴欲復説毘尼
十方賢聖慈雲集
無限戒光脳後輝

102 亀山榮壽居士

脱殻烏亀倒上天
等閑回首十三年
要知榮壽飜身處
曳尾泥中曠劫前

仄起上平四支

五月《ごげつ》の田村《でんそん》　梅熟《うめじゅく》すの時《とき》
晴《はれ》に乗《じょう》じ復《ま》た毘尼《びに》を説《と》かんと欲《ほっ》す
十方《じっぽう》の賢聖《けんしょう》　慈雲《じうん》のごとく集《あつま》り
無限《むげん》の戒光《かいこう》　脳後《のうご》に輝《かがや》く

仄起下平一先

脱殻《だつこく》の烏亀《うき》　さかさまに上天《じょうてん》し
等閑《なおざり》に首《こうべ》を回《めぐら》すこと　十三年《じゅうさんねん》
知《し》らんと要《よう》す栄寿《えいじゅ》　身《み》を翻《ひるがえ》す処《ところ》
曳尾《えいび》泥中《でいちゅう》　曠劫《こうごう》の前《まえ》

103

四世忍明廓仙五世大仙廓雄兩大和尚十三回忌

仄起下平一先

二老登仙後與前
今辰屈指十三年
大雄忍辱元非忍
廓落尊容明月圓

二老《にろう》登仙《とうせん》す　後《ご》と前《ぜん》と
今辰《こんしん》屈指《くっし》す　十三年《じゅうさんねん》
大雄《だいゆう》の忍辱《にんにく》　元《もと》　忍《にん》に非《あら》ず
廓落《かくらく》たる尊容《そんよう》　明月《めいげつ》のごとく円《まど》かなり

104

偶拈

仄起上平一東

相識不相識
邂逅一會中
趙州屋裏事
非別亦非同

相識《そうしき》は　相識《そうしき》にあらず
邂逅《かいこう》は　一会《いちえ》の中《うち》
趙州《じょうしゅう》　屋裏《おくり》の事《こと》
別《べつ》に非《あら》ず　亦同《またどう》に非《あら》ず

105 施食

昨夜宿彼舎
今朝歸此山
日輪當午處
事事自幽閑

仄起上平十五刪

昨夜《さくや》 彼《か》の舎《いえ》に宿《やど》り
今朝《こんちょう》 此《こ》の山《やま》に帰《かえ》る
日輪《にちりん》 当午《とうご》の処《ところ》
事々《じじ》 自《おのずか》ら幽閑《ゆうかん》たり

106 最勝院釋證道大姉

最勝院裏曾證道
眞覺威風自凛然
莫道西方在淨土
元來笑殺祖師禪

平起下平一先

最勝院裏《さいしょういんり》 曽《かつ》て道《どう》を証《しょう》す
真覚《しんかく》の威風《いふう》 自《おのずか》ら凛然《りんねん》
道《い》うこと莫《なか》れ西方《せいほう》に 浄土《じょうど》在《あ》ると
元来笑殺《がんらいしょうさい》す 祖師《そし》の禅《ぜん》

107　天台石橋自畫贊

是日迎請何處村
應眞得得自巖門
隱顯出没誰當測
前後三三羅漢尊

仄起上平十三元

この日《ひ》迎請《ごうしょう》す　何処《いずこ》の村《むら》にぞ
応真《おうしん》は得々《とくとく》として　巌門《がんもん》よりす
隠顕出没《おんけんしゅつぼつ》　誰《たれ》か当《まさ》に測《はか》らん
前後三々《ぜんごさんさん》　羅漢尊《らかんそん》

108　示人

如來禪與祖師禪
室内例條貴不傳
行脚眼睛既瞎却
何妨從是接人天

平起下平一先

如来禅《にょらいぜん》と　祖師禅《そしぜん》と
室内例条《しつないれいじょう》　不伝《ふでん》貴《たっと》し
行脚《あんぎゃ》の眼睛《がんぜい》　既《すで》に瞎却《かつきゃく》す
何《なん》ぞ妨《さまた》げん是《こ》れより　人天《にんでん》に接《せっ》するを

109
馬郎婦

金沙灘上馬郎婦
如月如雲又似蓮
手裏赤梢人問直
一頭三十二文銭

平起下平一先

金沙灘上《きんしゃたんじょう》の　馬郎婦《ばろうふ》
月《つき》の如《ごと》く雲《くも》の如《ごと》く　又《また》蓮《はちす》に似《に》たり
手裏《しゅり》の赤梢《せきしょう》　人《ひと》の直《あたい》(値)を問《と》えば
一頭《いっとう》　三十二文銭《さんじゅうにもんせん》

(注)馬郎婦——従容録七十九則参照。

110
黄檗呵異僧

杜撰禿子好殊勝
祖道爲傾不復興
堪憶當時黄檗老
天台山下叱神僧

平起下平十蒸

杜撰《ずさん》の禿子《とくし》　好殊勝《こうしゅしょう》
祖道《そどう》傾《かたむ》き　復興《ふっこう》せず
憶《おも》うに堪《た》えたり当時《とうじ》の　黄檗老《おうばくろう》
天台山下《てんだいさんげ》　神僧《しんそう》を叱《しっ》す

111　七夕有感示衆

織女渡河倶語心
年年一夜恨何深
還憐自己相逢少
天上人間長陸沈

今夕織女已渡河諸人者還逢着牽牛
也未若其得相逢速道將一句來

112　送天潤

既出赤關幾度秋

仄起下平十二侵

織女《しょくじょ》は河《かわ》を渡《わた》り　倶《とも》に心《こころ》を語《かた》る
年々一夜《ねんねんいちや》　恨《うら》み何《なん》ぞ深《ふか》し
還《また》憐《あわ》れむ自己《じこ》の　相《あ》い逢《あ》うこと少《まれ》なるを
天上人間《てんじょうにんげん》　陸沈《りくちん》　長《なが》し

今夕《こんせき》織女《しょくじょ》已《すで》に河《かわ》を渡《わた》る、諸人《しょにん》はまた牽牛《けんぎゅう》に逢着《ほうちゃく》するや未《いま》しや、若《も》し其《そ》の相逢《そうおう》を得《う》れば一句《いっく》をもち来《きた》って速《すみや》かに道《い》え

仄起下平十一尤七陽

既《すで》に赤関《せきかん》を出《い》でて　幾度《いくたび》の秋《あき》

西風復是動楡桑
故園長者應思子
急急歸家知寶藏

113 賀回天禪師移住興聖

宇水灘上挽回春
朝日山頭瑞氣新
處處叢林唯寂寞
天邊喜見接來賓

114 講了

長夏荒村事事幽
安眠高臥至涼秋

西風《せいふう》復《ま》た是《こ》れ　楡桑《ゆそう》を動《うご》かす
故園《こえん》の長者《ちょうじゃ》　応《まさ》に子《こ》を思《おも》い
急々《きゅうきゅう》に帰家《きけ》し　宝蔵《ほうぞう》を知《し》れ

平起上平十一真

宇水灘上《うすいたんじょう》　春《はる》を挽回《ばんかい》し
朝日山頭《ちょうじつさんとう》　瑞気《ずいき》新《あら》たなり
処々《しょしょ》の叢林《そうりん》　ただ寂寞《せきばく》なるも
天辺《てんぺん》　喜《よろこ》び見《み》る　来賓《らいひん》に接《せっ》するを

仄起下平十一尤

長夏《ちょうか》の荒村《こうそん》　事々《じじ》　幽《ゆう》なり
安眠高臥《あんみんこうが》し　涼秋《りょうしゅう》に至《いた》る

夢中譫語褻君耳
急洗清川須得休

115 題正道首座之圓鏡

曼珠意氣獨揚揚
七十餘僧接一光
打破鏡來始照物
恰如旭日出東方

116 再寓湖月亭晴夜望江有感

湖月亭前秋月明
波心玉轉水愈清
無端憶得昔遊主

夢中《むちゅう》の譫語《せんご》　君《きみ》の耳《みみ》を褻《けが》す
急《いそ》ぎて清川《せいせん》に洗《あら》い　須《すべから》く休《きゅう》を得《う》るべし

平起下平七陽

曼珠《まんじゅ》　意気《いき》として　独《ひと》り揚々《ようよう》
七十余僧《しちじゅうよそう》　一光《いっこう》に接《せっ》す
鏡《きょう》を打破《たは》し来《きた》りて　始《はじ》めて物《もの》を照《て》らす
恰《あたか》も旭日《きょくじつ》の東方《とうほう》より出《い》づるが如《ごと》し

仄起下平八庚

湖月亭前《こげつていぜん》　秋月《しゅうげつ》明《あき》らかなり
波心《はしん》玉《ぎょく》転《てん》し　水《みず》愈《いよいよ》清《きよ》し
はしなくも憶《おも》い得《え》たり　昔遊《せきゆう》の主《しゅ》

堕涙千行獨動情

117 與寓平田骨堂於奕堂座元

換骨堂中換骨明
一言一句覺神清
吟罷西望天如洗
越水呉山祝道情

118 秋日遊中村氏秋錦松濤軒

萩花楓葉滿山秋
秋錦亭中作靜遊
一曲胡笳吹未了
松濤續調興愈幽

堕涙千行《だるいせんぎょう》 独《ひと》り情《じょう》を動《うご》かす

仄起下平八庚

換骨堂中《かんこつどうちゅう》 換骨明《かんこつあき》らかに
一言一句《いちごんいっく》 神清《しんせい》を覚《おぼ》ゆ
吟罷《ぎんは》西《にし》を望《のぞ》めば 天《てん》を洗《あら》うが如《ごと》し
越水呉山《えつすいごさん》 道情《どうじょう》を祝《しゅく》す

平起下平十一尤

萩花楓葉《しゅうかふうよう》 満山《まんざん》の秋《あき》
秋錦亭中《しゅうきんていちゅう》 静遊《せいゆう》を作《な》す
一曲《いっきょく》の胡笳《こか》 吹《ふ》き未《いま》だ了《りょう》ぜず
松濤続調《しょうとうぞくちょう》し 興愈幽《きょういよいよゆう》なり

119　送英山座元歸尾州

春日曳鞋來得得
秋風飛錫去飄飄
元來脚下無絲線
相送不妨山水遙

120　題高祖逢餓虎圖

是箇身心既脱落
不知何處措爪牙
化龍追虎西湖話
千古傳來辱老爺

仄起下平二蕭

春日《しゅんじつ》に鞋《あい》を曳《ひ》き　得々《とくとく》と来《きた》り
秋風《しゅうふう》に錫《しゃく》を飛《と》ばし　飄々《ひょうひょう》と去《さ》る
元来脚下《がんらいきゃっか》　糸線《しせん》　無《な》し
相《あ》い送《おく》るも妨《さまた》げず　山水《さんすい》の遥《はる》かなるを

仄起下平六麻

是《こ》れこの身心《しんじん》　既《すで》に脱落《だつらく》し
知《し》らず何《いず》れの処《ところ》にか　爪牙《そうが》を措《お》く
竜《りゅう》と化《け》し虎《とら》を追《お》う　西湖《さいこ》の話《わ》
千古《せんこ》伝《つた》え来《きた》り　老爺《ろうや》を辱《はずかし》む

121　二尊宿拈香

二尊相對風雲起
如猛虎兮似活龍
隱顯出没實難測
南在趙州北雪峯

122　壽老人贊

崑玉不眞實
仙桃聊止飢
手中書一軸
福壽無窮時

平起上平二冬　拗体

二尊相対《にそんあいたい》して　風雲起《ふううんおこ》る
猛虎《もうこ》の如《ごと》く　活竜《かつりゅう》に似《に》て
隠顕出没《おんけんしゅつぼつ》　実《じつ》に測《はか》り難《がた》し
南《みなみ》に趙州《じょうしゅう》あり　北《きた》に雪峰《せっぽう》あり

仄起上平四支

崑玉《こんぎょく》　真実《しんじつ》にあらず
仙桃《せんとう》　いささか飢《うえ》を止《や》む
手中《しゅちゅう》　書一軸《しょいちじく》
福寿《ふくじゅ》　無窮《むきゅう》の時《とき》

123 八月十六日到玉造二十八日逢高祖諱辰

平起下平一先

身心脱落重瞳圓
五十四年照一天
耳順還愧閑病衲
空餘臭骨浴温泉

身心脱落《しんじんだつらく》し　重瞳《じゅうどう》　円《まど》かなり
五十四年《ごじゅうしねん》　一天《いってん》を照《て》らす
耳順《じじゅん》にして還《また》愧《は》ず　閑病衲《かんびょうのう》
空《むな》しく臭骨《しゅうこつ》を余《あま》し　温泉《おんせん》に浴《よく》す

124 玉造温泉逢重陽

仄起下平一先

九月深秋落葉天
重陽猶是浴温泉
菊潭不怪曾延壽
此地由來多老仙

九月《くげつ》秋《あき》深《ふか》し　落葉《らくよう》の天《てん》
重陽《ちょうよう》なお是《こ》れ　温泉《おんせん》に浴《よく》す
菊潭《きくたん》　怪《あや》しまず　曾《かつ》て延寿《えんじゅ》を
此地《このち》　由來《ゆらい》　老仙《ろうせん》多《おお》し

125 同十三夜

開窓秋月潔
流水助迷吟
獨愛玉山氣
寥寥夜自深

126 少林忌

丹楓映碧水
正見信衣鮮
隻履西歸路
幾人空刻舷

平起下平十二侵

開窓《かいそう》　秋月《しゅうげつ》は潔《きよ》く
流水《りゅうすい》　迷吟《めいぎん》を助《たす》く
独《ひと》り愛《あい》す　玉山気《ぎょくさんき》
寥々《りょうりょう》として夜《よ》　自《おのず》から深《ふか》し

平起下平一先

丹楓《たんぷう》　碧水《へきすい》に映《は》え
正《まさ》に見《み》る　信衣《しんえ》の鮮《あざ》やかなるを
隻履《せきり》　西《にし》に帰《かえ》るの路《みち》
幾人《いくにん》か　空《むな》しく舷《げん》を刻《きざ》む

127 少林忌

三萬里程瞬息中
救方一路豈墮功
兒孫多未知來意
違却慈恩迷色空

128 戒會啓建

疎雨暴風搖落天
滿林布得蜀紅氈
山門幸有寶壇設
戒徳須如霜月圓

仄起上平一東

三万里程《さんまんりてい》　瞬息《しゅんそく》の中《うち》
救方《ぐほう》の一路《いちろ》　あに功《こう》に堕《だ》せんや
児孫《じそん》の多《おお》く未《いま》だ　来意《らいい》を知《し》らず
慈恩《じおん》を違却《いきゃく》し　色空《しきくう》に迷《まよ》う

仄起下平一先

疎雨暴風《そうぼうふう》　揺落《ようらく》の天《てん》
満林布《まんりんし》き得《え》たり　蜀紅《しょくこう》の氈《せん》
山門《さんもん》　幸《さいわい》に宝壇《ほうだん》を設《もう》く有《あ》り
戒徳《かいとく》は　須《すべか》らく霜月《そうげつ》の如《ごと》く円《まど》かなるべし

129

送石天具壽赴本師之疾

忽侵風雪錫淩天
萬里孝心實可憐
歸到毘耶登丈室
文殊一着勿閑然

平起下平一先

忽《たちま》ち風雪《ふうせつ》を侵《おか》して　錫《しゃく》は天《てん》を凌《しの》ぎ
万里《ばんり》の孝心《こうしん》　実《じつ》に憐《あわ》れむべし
毘耶《びや》に帰《かえ》り到《いた》って　丈室《じょうしつ》に登《のぼ》る
文殊《もんじゅ》の一着《いちじゃく》　閑然《かんねん》すること勿《なか》れ

130

開講

滿堂盡是舊時人
機變無窮如鬼神
公案由來非死物
一回擧着一回新

平起上平十一真

満堂《まんどう》尽《ことごと》く是《こ》れ　旧時《きゅうじ》の人《ひと》
機変《きへん》　窮《きわ》まりなく　鬼神《きじん》の如《ごと》し
公案《こうあん》　由来《ゆらい》　死物《しぶつ》に非《あら》ず
一回《いちえ》挙着《こじゃく》し　一回《いちえ》新《あら》たなり

131 無題

陽春一曲徹寒林
此夕何人不動心
君子有情磁石鐵
厖眉未結是知音

132 先師二十七回忌

二十七年雖度秋
慈恩一滴不能酬
不能酬却歌長恨
明月清風似與愁

平起下平十二侵

陽春《ようしゅん》の一曲《いっきょく》　寒林《かんりん》に徹《てっ》し
此《こ》の夕何人《せきなんぴと》も　心《しん》を動《うご》かさず
君子《くんし》有情《うじょう》　磁石《じしゃく》の鉄《くろがね》
厖眉《ぼうび》　未《いま》だ結《むす》ばざるは　是《こ》れ知音《ちいん》

仄起下平十一尤

二十七年《にじゅうしちねん》　秋《あき》を度《わた》ると雖《いえど》も
慈恩《じおん》の一滴《いってき》　酬《むく》ゆる能《あた》わず
酬《むく》ゆる能《あた》わずして却《かえ》って　長恨《ちょうごん》を歌《うた》えば
明月清風《めいげつせいふう》　愁《うれ》いを与《あた》うるに似《に》たり

133
又

昔日優遊來此地
聞先師疾即飛還
正當二十七回忌
更在雲州何宿縁

仄起下平一先

昔日優遊《せきじつゆうゆう》として　此地《このち》に来《きた》り
先師《せんし》の疾《やまい》を聞《き》き　即《すなわ》ち飛《と》んで還《かえ》る
正当《しょうとう》二《に》十七回忌《じゅうしちかいき》
更《さら》に雲州《うんしゅう》にあるは　何《なん》の宿縁《しゅくえん》ぞ

134
爲法岩智泉信士

是何之死急
有客叩門扉
甘露爲求切
風寒白雪飛

平起上平五微

是《こ》れ何《なん》ぞ　死《し》に之《い》くこと急《きゅう》なるか
客有《かくあ》り　門扉《もんぴ》を叩《たた》く
甘露《かんろ》　為《ため》に求《もと》むること切《せつ》なり
風寒《かぜさむ》く　白雪飛《はくせつと》ぶ

135

浴藥湯見雪

吾浴藥湯敢不奢
只爲老病日相加
窗前飛雪忘寒見
恰如春園對落花

136

寒夜藥湯中

樹上月圓掛寶鏡
庭中雪白撒珍珠
靈湯温氣四時外
老病相忘在玉壺

仄起下平六麻

吾薬湯《われやくとう》に浴《よく》すも　敢《あ》えて奢《おご》らず
只老病《ただろうびょう》となり　日《ひび》に相《あ》い加《くわ》う
窓前《そうぜん》の飛雪《ひせつ》　寒《かん》を忘《ぼう》じて見《み》れば
恰《あたか》も春園《しゅんえん》の落花《らっか》に対《たい》するが如《ごと》し

仄起上平七虞

樹上《じゅじょう》の月《つき》は円《まど》かに　宝鏡《ほうきょう》に掛《か》かり
庭中《ていちゅう》の雪《ゆき》は白《しろ》く　珍珠《ちんじゅ》を撒《ま》く
霊湯《れいとう》の温気《おんき》　四時《しじ》の外《ほか》
老病《ろうびょう》を相《あ》い忘《わす》れ　玉壺《ぎょくこ》に在《あ》り

137
仲冬初雪

秋後暖和疑不冬
今朝始見雪花濃
溪邊伏竹如銀虎
庭上臥梅似玉龍
堪笑衲僧吟弄筆
更訝羽客嘯扶笻
千般形象混知處
一色功中何失宗

仄起上平二冬

秋後暖和《しゅうごだんわ》にして　冬《ふゆ》にあらずと疑《うたが》うも
今朝《こんちょう》始《はじ》めて見《み》る　雪花《せっか》の濃《こま》やかなるを
渓辺《けいへん》の伏竹《ふくちく》　銀虎《ぎんこ》の如《ごと》く
庭上《ていじょう》の臥梅《がばい》　玉竜《ぎょくりゅう》に似《に》たり
笑《わら》うに堪《た》ゆ衲僧《のうそう》　筆《ふで》を弄《ろう》して吟《ぎん》じ
更《さら》に訝《いぶか》る羽客《うかく》　笻《つえ》に扶《たす》けて嘯《うそぶ》くと
千般《せんぱん》の形象《けいしょう》　混《すべ》て知《し》る処《ところ》
一色功中《いっしきこうちゅう》　何《なん》ぞ宗《しゅう》を失《うしな》わん

138
又

乍將白練敷平原

平起上平十三元

たちまち白練《びゃくれん》をもって　平原《へいげん》に敷《し》き

無復友人來叩門
一色明邊纔轉眼
宿鴉片片過林村

139 賀堂頭和尚轉法輪

閑名空利二無求
貴是平生扑實頭
建法幢兮立宗旨
不風流處却風流

140 賀首座

曾逼水難全一命
今顯道徳領分筵

復《ま》た友人《ゆうじん》の来《きた》りて門《もん》を叩《たた》く無《な》し
一色明辺《いっしきみょうへん》　わずかに眼《め》を転《てん》ずれば
宿鴉片々《しゅくあへんぺん》　林村《りんそん》を過《す》ぐ

平起下平十一尤

閑名《かんめい》　空利《くうり》　二《に》をも求《もと》む無《な》く
貴《たっとき》は是《こ》れ平生《へいぜい》　実頭《じっとう》を扑《う》つ
法幢《ほうどう》を建《た》て　宗旨《しゅうし》を立《りつ》す
風流《ふうりゅう》あらざる処《ところ》　却《かえ》って風流《ふうりゅう》なり

仄起下平一先

曾《かつ》て水難逼《すいなんせま》りしが　一命《いちめい》を全《まっと》うし
今道徳《いまどうとく》を顕《あき》らかにし　分筵《ぶんえん》を領《りょう》す

願輪轉處雖無極
護法明鑑在佛天

141 至日示衆

山中未試律呂聲
何用向南窺景行
要見一陽來復處
早梅侵雪有珠香

142 病身有感

名利擲來何勞神
常思淡薄不愁貧
始知多病元良藥

願輪転《がんりんてん》ずる処《ところ》　極《きわ》まり無《な》しと雖《いえど》も
護法《ごほう》の明鑑《めいかん》　仏天《ぶってん》に在《あ》り

平起下平八庚

山中《さんちゅう》未《いま》だ試《こころ》みず　律呂《りつりょ》の声《こえ》を
何《なん》ぞ用《もち》いん南《みなみ》に向《む》かい　景行《けいこう》を窺《うかが》うを
見《み》んと要《よう》す一陽来復《いちようらいふく》の処《ところ》
早梅《そうばい》雪《ゆき》を侵《おか》し　珠香《しゅこう》有《あ》り

仄起上平十一真

名利《みょうり》を擲《なげう》ち来《きた》つて　何《なん》ぞ神《しん》を労《ろう》せん
常《つね》に思《おも》う淡薄《たんぱく》にして　貧《ひん》を愁《うれ》へず
始《はじ》めて知《し》る多病《たびょう》　元良薬《もとりょうやく》なるを

養道也能得養身

道《みち》を養《やしな》うはまた能《よ》く　身《み》を養《やしな》うを得《え》ん

143 敬謝廣澤永大先生賜良藥水以療腸痛

雲州植田家　平起下平五歌

倉公仙法上池水
扁鵲須來療我痾
莫怪仲冬幽谷裏
回春習習發鶯歌

倉公《そうこう》の仙法《せんぽう》は　上池《じょうち》の水《みず》
扁鵲《へんじゃくすべから》　須く来《きた》りて　我《わ》が痾《やまい》を療《りょう》ずべし
怪《あや》しむこと莫《なか》れ　仲冬幽谷《ちゅうとうゆうこく》の裏《うち》
回春《かいしゅん》　習々《しゅうしゅう》　鶯《おう》　歌《か》を発《はな》つ

（注）倉公・扁鵲——史記にあり、漢代の名医。

144 再逢布野泰藏　二首

平起下平十二侵

十年縹緲不通音
是日相逢淚濕衿
記得浪花城北路

十年縹緲《じゅうねんひょうびょう》　音《おん》を通《つう》ぜず
是《こ》の日《ひ》相《あ》い逢《あ》うて　涙衿《なみだきん》を湿《うるお》す
記得《きとく》す　浪花《なにわ》　城北《じょうほく》の路《みち》

春風紙鳶弄芳心

145 又

昔日別時君小年
者回再會我如仙
人生百歳一弾指
唯是遠愚須學賢

146 賀木佐徳三郎退職

功成身退天之道
乃見褒書下朶雲
仁徳由來人所貴
餘恩誰不是思君

春風《しゅんぷう》の紙鳶《しえん》　芳心《ほうしん》を弄《ろう》す

仄起下平一先

昔日《せきじつ》別《わか》れし時《とき》　君《きみ》は小年《しょうねん》
こん回再会《かいさいかい》す　我《われ》　仙《せん》の如《ごと》し
人生百歳《じんせいひゃくさい》　一弾指《いちだんし》
唯《ただ》是《こ》れ愚《ぐ》を遠《とお》ざけ　須《すべか》らく賢《けん》に学《まな》ぶべし

平起上平十二文

功成《こうな》り身《み》を退《しりぞ》くは　天《てん》の道《みち》なり
乃《すなわ》ち褒書《ほうしょ》を見《み》て　朶雲《だうん》を下《くだ》す
仁徳《じんとく》　由来《ゆらい》　人《ひと》の貴《たっと》ぶ所《ところ》
余恩《よおん》誰《たれ》か　これ君《きみ》を思《おも》わざらん

147 爲法界唯心信士

法界唯心造
唯心是什麼
荒村一夜雪三尺
金殿玉樓人耐奢

148 奔洞光寺赴勝部家

山陰晴夜簸河上
雪月風光不可言
忽棹扁舟非醉酒
畫心乘興到君門

仄起下平六麻

法界《ほっかい》は唯心《ゆいしん》の造
唯心《ゆいしん》 是《こ》れ什麼《いんも》
荒村《こうそん》の一夜《いちや》 雪三尺《ゆきさんじゃく》
金殿玉楼《きんでんぎょくろう》 人《ひと》の奢《おご》るに耐《た》ゆ

平起上平十三元

山陰《さんいん》の晴夜《せいや》 簸河《はかわ》の上《うえ》
雪月《せつげつ》の風光《ふうこう》 言《い》うべからず
忽《たちま》ち扁舟《へんしゅう》に棹《さお》さすは 酒《さけ》に酔《よ》うに非《あら》ず
画心《がしん》もて興《きょう》に乗《じょう》じて 君《きみ》が門《もん》に到《いた》る

149

雨夜偶作

仄起上平五微
冷淡宗風實可悲
屋漏終夜濕禪衣
四來戒衆任相笑
老衲無家何處歸
冷淡《れいたん》なる宗風《しゅうふう》　実《じつ》に悲《かな》しむべし
屋漏《おくろう》終夜《しゅうや》　禅衣《ぜんえ》を湿《うるお》す
四来《しらい》の戒衆《かいしゅう》　相《あ》い笑《わら》うに任《まか》す
老衲《ろうのう》は家《いえ》なく　何《いず》れの処《ところ》へか帰《かえ》らん
150

鐵笛倒吹開講

仄起上平四支
古曲各雖唱拍隨
多被風別調中吹
先師未了舊公案
殃及老僧不耐悲
古曲《こきょく》は各《おのおの》　唱拍《しょうはく》に随《したが》うと雖《いえど》も
多《おお》くは風別《かぜべつ》調《ちょう》の中《なか》に吹《ふ》かる
先師《せんし》未了《みりょう》の旧公案《きゅうこうあん》
殃《わざい》い老僧《ろうそう》に及《およ》び　悲《かな》しむに耐《た》えず

151　先師諱日

鐵笛曾吹調自高
今辰奏見爲胡笳
胡笳曲子知音少
獨仰蒼天堪嘆嗟

152　賀慧潤首座

龍谷元來雖有龍
寶珠久秘没雲鍾
今冬幸得慧潤助
法雨法雷振祖宗

仄起下平六麻

鉄笛曽《てってきかっ》て吹《ふ》く　調《しら》べ自《おのずか》ら高《たか》し
今辰奏見《こんしんそうけん》するも胡笳《こか》となる
胡笳《こか》の曲子《きょくす》　知音少《ちいんまれ》なり
独《ひと》り蒼天《そうてん》を仰《あお》ぎ　嘆嗟《たんさ》に堪《た》ゆ

仄起上平二冬

竜谷《りゅうこく》　元来《がんらい》　竜《りゅう》有《あ》りと雖《いえど》も
宝珠《ほうじゅ》は久《ひさ》しく秘《ひ》し　雲鍾《うんよう》に没《ぼっ》す
今冬幸《こんとうさいわ》い慧潤《えじゅん》の助《たす》けを得《え》て
法雨《ほうう》法雷《ほうらい》もて　祖宗《そしゅう》を振《ふる》う

153 羅漢尊畫贊

靈山遺囑阿羅漢
現住世間更莫疑
三日已來弄筆墨
嚴然妙相露威儀

平起上平四支

霊山《りょうぜん》 阿羅漢《あらかん》に 遺囑《いしょく》す
現住世間《げんじゅうせけん》 更《さら》に疑《うたが》う莫《なか》れ
三日已來《みっかいらい》 筆墨《ひつぼく》を弄《ろう》す
厳然《ごんねん》たる妙相《みょうそう》 威儀《いぎ》を露《あらわ》す

154 題奇巖子所畫天臺採藥圖

劉阮二道子
採藥入天台
忘世會仙女
流杯偶作媒

平起上平十灰

劉阮《りゅうげん》の 二道子《にどうし》
薬《くすり》を採《と》りに 天台《てんだい》に入《い》る
世《よ》を忘《わす》れ 仙女《せんにょ》に会《あ》い
杯《はい》を流《なが》し 偶《たまたま》 媒《なかだち》となる

155　賀堂頭元寶禪師

仰見法泉泉裏寶
利人救物徳輝殊
根元探盡試其質
即是形山祕在珠

仄起上平七虞

仰《あお》ぎ見《み》る法泉《ほうせん》　泉裏《せんり》の宝《たから》
人《ひと》を利《り》し物《もの》を救《すく》い　徳輝《とくき》は殊《しゅ》なり
根元《こんげん》を探《さが》し尽《つ》くし　其《そ》の質《しつ》を試《こころ》みる
即《すなわ》ち是《こ》れ形山《ぎょうざん》が　秘在《ひざい》の珠《たま》

（注）形山秘在珠——従容録九十二則参照。

156　出山相

欲救一切衆生苦
端坐六年忘我身
是日寫來掛壇上
却抱慚愧笑閙閙

平起上平十一真

一切衆生《いっさいしゅじょう》の苦《く》を救《すく》わんと欲《ほっ》し
端坐六年《たんざろくねん》　我身《わがみ》を忘《ぼう》ず
是《こ》の日写《ひうつ》し来《きた》りて　壇上《だんじょう》に掛《か》くれば
却《かえ》って慙愧《ざんき》を抱《いだ》き　笑《わら》い閙々たり

157
鶏鳴

七日攝心何所期
六年辛苦要君知
今朝堪笑鶏鳴裏
坐客忽開歡喜思

158
午時

三世十方無有佛
不知何所着群生
邯鄲夢與神仙道
破曉青山鐘一聲

仄起上平四支

七日《しちじつ》の摂心《せっしん》　何《なん》の期《き》す所《ところ》ぞ
六年《ろくねん》の辛苦《しんく》　君《きみ》知《し》らんと要《よう》す
今朝《こんちょう》笑《わら》うに堪《た》えたり　鶏鳴《けいめい》の裏《うち》
坐客《ざかく》忽《たちま》ち開《ひら》く　歓喜《かんき》の思《おも》い

仄起下平八庚

三世《さんぜ》十方《じっぽう》　仏《ほとけ》有《あ》ること無《な》し
知《し》らず何《いず》れの所《ところ》にか　群生《ぐんじょう》を着《つ》けん
邯鄲《かんたん》の夢《ゆめ》と　神仙《しんせん》の道《みち》と
破暁《はぎょう》の青山《せいざん》　鐘一声《しょういっせい》

159　賀大機慧潤首坐

慧光赫赫界三千
潤雨滂滂第一天
不是修兮不是覓
大機大用自單傳

160　斷臂

斷臂更無斷臂人
安心誰討安心辛
頻擡禿筆雖窮力
難寫抛身捨命眞

平起下平一先

慧光《えこう》　赫々《かくかく》　界三千《かいさんぜん》
潤雨《じゅんう》　滂々《ぼうぼう》　第一天《だいいってん》
是《こ》れ修《しゅ》せず　是《こ》れ覓《もと》めず
大機大用《だいきだいゆう》　自《おのずか》ら単伝《たんでん》

仄起上平十一真

断臂《だんぴ》更《さら》に　断臂《だんぴ》の人《ひと》無《な》し
安心誰《あんじんたれ》にか討《たず》ねん　安心《あんじん》の辛《つら》さを
頻《しき》りに禿筆《とくひつ》を抬《もた》げて　力窮《ちからきわ》むと雖《いえど》も
写《うつ》し難《がた》し抛身《ほうしん》　捨命《しゃめい》の真《まこと》

161　爲空如道雲和尚三年忌香語施主秦従

平起上平一東

光明一着已歸空
却合如如得變通
休道三年消息絶
寒雲漠漠復隨風

光明《こうみょう》の一着《いちぢゃく》　已《すで》に空《くう》に帰《き》し
却《かえ》ってまさに如々《にょにょ》として　変通《へんづう》を得《う》るべし
道《い》うを休《や》めよ三年《さんねん》　消息《しょうそく》を絶《た》つと
寒雲漠々《かんうんばくばく》　また風《かぜ》に随《したが》う

162　雪安居日藥湯療疝

仄起上平七虞

誑惑衆生輕祖佛
飽貪供養一無圖
現前不免閻羅責
纔出鑊湯歸炭爐

衆生《しゅじょう》を誑惑《きょうわく》し　祖仏《そぶつ》を軽《かろん》ず
飽貪《ほうどん》の供養《くよう》　一《い》つも図《はか》る無《な》し
現前《げんぜん》　閻羅《えんら》の責《せき》を免《まぬが》れず
わずかに鑊湯《かくとう》を出《い》で　炭炉《たんろ》に帰《き》す

163

石門夜焼銭北禪烹露地白牛可謂供養
最饒也老僧從來孤貧無白牛可以烹
亦無錢可以焼聊吟一篇伽陀以充供養
莫怪没滋味

年窮歳盡作麼生
今夜何須論死生
龍谷有雲閑不徹
宮河無水太忙生

石門は夜に銭を焼き　北禅は露地で白牛を烹る　謂つべし供養は最も饒《ゆたか》也　老僧従来孤貧にて白牛を以て烹ること無く亦以て焼く可き銭も無し　いささか一篇の伽陀（経文）を吟じ以て　供養に充つ　滋味なきを怪しむことなかれ

平起下平八庚

年窮《ねんきわ》まり歳尽《としつ》き　作麼生《そもさん》
今夜何《こんやなん》ぞ須《もち》いん　死生《ししょう》を論《ろん》ずるを
竜谷《りゅうこく》に雲《くも》有《あ》り　閑不徹《かんぷてつ》
宮河《みやかわ》に水《みず》無《な》く　太忙生《たいぼうせい》

164 辛丑歳旦二首

今曉無端忘六十
但餘三歳卽逢春
千般道理休來問
從是和和欲學人

165 又

今年風外唯三歳
世上是非終討何
室内纔逢禪子拶
婆婆未了則和和

仄起上平十一真

今暁《こんぎょう》はしなくも　六十《ろくじゅう》を忘《ぼう》じ
ただ三歳《さんさい》を余《あま》し　即《すなわ》ち春《はる》に逢《あ》う
千般《せんぱん》の道理《どうり》　来《きた》りて問《と》うを休《や》めよ
是《こ》れ従《よ》り和々《わわ》として　学人《がくにん》ならんと欲《ほっ》す

平起下平五歌

今年風外《こんねんふうがい》　唯三歳《たださんさい》
世上《せじょう》の是非《ぜひ》　終《つい》に何《なに》をか討《たず》ねん
室内《しつない》わずかに禅子《ぜんす》の拶《さつ》するに逢《お》う
婆々《ばば》は未《いま》だ了《りょう》せず　則《すなわ》ち和々《わわ》

166 爲世父陽春院三十三回忌香語

裘爺三十三年後
生我七千萬歳前
莫怪酬恩那一着
只開兩手對人天

平起下平一先

裘爺三十三年後《きゅうやさんじゅうさんねんご》
我《われ》を生《しょう》ず　七千万歳前《しちせんまんさいぜん》
怪《あや》しむこと莫《なか》れ酬恩《しゅうおん》　那一着《ないちじゃく》
只《た》だ両手《りょうしゅ》を開《ひら》きて　人天《にんでん》に対《たい》す

167 無題

漫吹鐵笛過三冬
不裂石還堪裂胸
遮莫寒泉無撃節
春林和得日暮鐘

平起上平二冬

漫《みだり》に鉄笛《てってき》を吹《ふ》き　三冬《さんとう》を過《す》ぐ
石《いし》を裂《さ》かず還《かえ》って　胸《むね》の裂《さ》くるに堪《た》う
さもあらばあれ　寒泉撃節無《かんせんげきせつな》し
春林和《しゅんりんわ》し得《え》たり　日暮《にちぼ》の鐘《かね》

168 大般若滿散

摩訶般若波羅密
畢竟空時空亦空
貴是深山幽谷裏
百花爭色發春風

169 慧潤首坐圓鏡

銅頭鐵額
大布圓陳
爲執慧劍
佛祖稱臣

平起上平一東

摩訶般若波羅密《まかはんにゃはらみつ》
畢竟《ひっきょう》　空時《くうじ》　空《くう》また空《くう》
貴《たっと》きは是《こ》れ深山《しんざん》　幽谷《ゆうこく》の裏《うち》
百花《ひゃっか》色《いろ》を争《きそ》いて　春風《しゅんぷう》に発《ひら》く

平起上平十一真

銅頭鉄額《どうとうてつがく》
大布《だいふ》円《まど》かに陳《の》ぶ
為《ため》に慧剣《えけん》を執《と》り
仏祖《ぶっそ》の臣《しん》と称《しょう》す

170

透宗首坐之圓鏡

透祖關了
卽圓此宗
龍衆象衆
相達雍雍

171

題　三聖圖

三聖一壺酢
何以味不同
相扶如鼎足
變則得圓通

仄起上平二冬

透祖《とうそ》　関《かか》わり了《おわ》る
即《すなわ》ち此《こ》の宗《しゅう》　円《まど》かなり
竜衆象衆《りゅうしゅぞうしゅ》
相《あ》い達《たつ》して雍々《ようよう》たり

仄起上平一東

三聖《さんしょう》は　一壺《いっこ》の酢《す》
何《な》にを以《もっ》てか味不同《あじふどう》なる
相《あ》い扶《たす》くること　鼎足《ていそく》の如《ごと》く
変則《へんそく》するも　円通《えんづう》を得《う》る

172

節分

對一説兮分一説
胡鬚赤與赤鬚胡
不論内外忘貧福
齊畏春寒開火爐

173

立春

老病雖加未作薪
迎春復是得逢春
二重敗欲君須見
頭上安頭白髪新

仄起上平七虞

対一説《たいいっせつ》と分一説《ぶんいっせつ》と
胡鬚赤《こしゅせき》と赤鬚胡《せきしゅこ》と
内外《ないげ》を論《ろん》ぜず　貧福《ひんぷく》を忘《ぼう》じ
斉《ひと》しく春寒《しゅんかん》を畏《おそ》れ　火炉《かろ》を開《ひら》く

仄起上平十一真

老病加《ろうびょうくわ》うと雖《いえど》も　未《いま》だ薪《たきぎ》にならず
迎春復是《げいしゅんまたこ》れ　春《はる》に逢《あ》うを得《え》たり
二重《にじゅう》の敗欠《はいけつ》　君須《きみすべから》く見《み》るべし
頭上《ずじょう》の安頭《あんとう》　白髪新《はくはつあら》たなり

174 送行

百尺竿頭雖學步
無端到此惜離情
明朝我亦下山去
各自東西任脚行

175 又

扶彼救此皆隨縁
百計千謀無不圓
春夢覺來何處去
善哉歸實合如然

仄起下平八庚

百尺竿頭《ひゃくしゃくかんとう》 歩《ほ》を学《まな》ぶと雖《いえど》も
はしなくも此《ここ》に到《いた》る 惜離《せきり》の情《じょう》
明朝《みょうちょう》我亦《われまた》 下山《あさん》し去《さ》る
各自東西《かくじとうざい》 脚《きゃく》に任《まか》せて行《い》け

平起下平一先

彼《かれ》を扶《たす》け此《こ》れを救《すく》い 皆《み》な縁《えん》に随《したが》う
百計千謀《ひゃっけいせんぼう》 円《まど》かならざるは無《な》し
春夢《しゅんむ》覚《さ》め来《きた》り 何《いず》れの処《ところ》にか去《さ》る
善《よ》きかな実《じつ》に帰《き》するは まさに然《かく》の如《ごと》し

176 烏鵲樓法益開講

烏鵲樓中烏鵲鳴
隨風隨雨不同聲
隔窓禪客休占喜
元是要看斷舌情

177 誕生會

温涼香雨在朝晨
灌浴青山淨沒塵
指地指天周七歩
初生王子早誑人

仄起下平八庚

烏鵲楼中《うじゃくろうちゅう》　烏鵲《うじゃく》鳴《な》く
随風随雨《ずいふうずいう》　声《こえ》を同《おな》じくせず
隔窓《かくそう》の禅客《ぜんかく》　喜《よろこ》びを占《し》むるを休《や》めよ
元《もと》是《こ》れ看《み》んと要《よう》す　断舌《だんぜつ》の情《じょう》

平起上平十一真

温涼《おんりょう》たる香雨《こうう》　朝晨《ちょうしん》に在《あ》り
青山《せいざん》を灌浴《かんよく》し　浄《きよ》くして塵《ちり》没《な》し
地《ち》を指《ゆびさ》し天《てん》を指《ゆびさ》し　七歩《しちほ》周《しゅう》す
初生《しょしょう》の王子《おうじ》　早《はや》くも人《ひと》を誑《あざむ》く

178　爲興聖大英賢大和尚添菜香語

仄起下平一先

宇水水中曾盡底
別峯峯上更窮巓
看來脱殻烏亀石
莫怪飜身倒上天

宇水《うすい》の水中《すいちゅう》　曽《かつ》て底《そこ》を尽《つ》き
別峰《べっぽう》の峰上《ほうじょう》　更《さら》に巓《いただき》を窮《きわ》む
看《み》し来《きた》る脱殻《だつこく》の　烏亀石《うきせき》
怪《あや》しむ莫《なか》れ身《み》を翻《ひるがえ》し　さかさまに天《てん》に上《のぼ》るを

179　寒拾隠岩圖

仄起下平八庚

豊干何饒舌
不是二賢榮
雖入重岩裏
猶難藏道名

豊干《ぶかん》　何《なん》と饒舌《じょうぜつ》
是《こ》れ二賢《にけん》の栄《えい》にあらず
重《かさ》なりて岩裏《がんり》に入《い》ると雖《いえど》も
なお道名《どうめい》を蔵《かく》し難《がた》し

180　端午示衆（図七）

入山任手拈來時
一葉一莖離是非
千聖不傳那一着
西天東土有誰知

181　半夏

今夏安居規則外
正通烏鵲絶遮欄
若以前後纔論半
烈焔堆中深雪寒

平起上平四支

入山《にゅうざん》し手《て》に任《まか》せて　拈《ねん》じ来《きた》るの時《とき》
一葉一茎《いちよういっけい》　是非《ぜひ》を離《はな》る
千聖《せんしょう》は伝《つた》えず　那《な》一着《いちじゃく》
西天東土《さいてんとうど》　誰《たれ》か知《し》る有《あ》らん

仄起上平十四寒

今夏安居《こんげあんご》　規則《きそく》の外《ほか》
正《まさ》に烏鵲《うじゃく》に通《つう》じて　遮欄《しゃらん》を絶《ぜっ》す
若《も》し前後《ぜんご》以《もつ》て　わずかに半《はん》を論《ろん》ぜば
烈焔堆中《れつえんたいちゅう》　深雪寒《しんせつさむ》し

182

岡田了覺老翁已向耳順其嗣辰英要
石崎融濟先生寫翁壽像以覓贊豫者
乃翁之方外友也不可以辭焉　且有
感其孝志卒下筆云尓

蝸牛角上三千戰
賣去買來不失元
一指乾坤頓了覺
興家傳業有榮孫

岡田了覚老翁は已に耳順に向かう、其嗣辰英は石崎融済先生を要し翁の寿像を写し以て賛を予に覓む者なり、乃翁の方外の友也、以て辞すべからず、且つ其孝志を感ずる有りて、卒かに筆を下し云うのみ

平起上平十三元

蝸牛《かぎゅう》の角上《かくじょう》　三千戦《さんぜんせん》
売り去《さ》り買《か》い来《きた》り　元《もと》を失《うしな》わず
一指乾坤《いっしけんこん》　頓《とん》に了覚《りょうかく》し
家《いえ》を興《おこ》し業《ぎょう》を伝《つた》え　孫《まご》の栄《さか》うる有《あ》り

183 大施餓鬼

甘露門中九旬間
飢飡困眠事事閑
今日無端遭夏末
瓜兼茄子是何顔

184 牽牛花

繚繞蔓延上竹籬
朝朝花發碧瑠璃
欲哀少婦衰容速
却笑老僧洗面遅

平起上平十五刪　抛体

甘露《かんろ》門中《もんちゅう》　九旬《くじゅん》の間《かん》
飢飡困眠《きそんこんみん》　事々閑《じじかん》なり
今日《こんにち》はしなくも　夏末《げまつ》に遭《あ》う
瓜《うり》と茄子《なす》と　是《こ》れ何《なん》の顔《かお》ぞ

仄起上平四支

繚繞《りょうにょう》　蔓延《まんえん》し　竹籬《ちくり》に上《のぼ》り
朝々《ちょうちょう》花《はな》は発《ひら》く　碧瑠璃《へきるり》
哀《あわ》れみんと欲《ほっ》す少婦《しょうふ》の　衰容《すいよう》の速《はや》きを
却《かえ》って笑《わら》う老僧《ろうそう》が　洗面《せんめん》の遅《おそ》きを

185 少林默宗禪師七回忌

默默少林胡達磨
九年何似七年多
而今不借志公老
乃見觀音在補陀

仄起下平五歌

默々《もくもく》たり少林《しょうりん》の　胡達磨《こだるま》
九年《くねんなん》何ぞ似《に》せん　七年《しちねん》より多《おお》きと
而今《にこんか》借らず　志公《しこう》の老《ろう》
乃《すなわ》ち見《み》る観音《かんのん》　補陀《ほだ》に在《あ》るを

186 講了

首楞嚴定難思議
不得説兮何得聞
一夏以來謗佛法
彌天罪過與相分

平起上平十二文

首楞厳定《しゅりょうごんじょう》　難思議《なんしぎ》
説《と》くも得《え》ずして　何《なに》をか聞《き》き得《え》ん
一夏以来《いつげいらい》　仏法《ぶっぽう》を謗《そし》り
弥天罪過《みてんざいか》　与《とも》に相《あ》い分《わか》つ

187 講了

螺蛤雲孫無外嗣
梵音高處度迷津
老僧雖未窺其徳
神足光公長事眞
　咦
一聲羌笛　我向秦

188 送別

時焉相集時焉散
集散固知如水雲
是此水雲無定處

仄起上平十一真

螺蛤《らこう》の雲孫《うんそん》は　外《ほか》に嗣《し》なくも
梵音《ぼんおん》高《たか》き処《ところ》　迷津《めいしん》を度《ど》す
老僧《ろうそう》未《いま》だ其《そ》の徳《とく》を窺《うかが》わざると雖《いえど》も
神足光公《じんそくこうこう》　長《とこしな》えに真《しん》を事《こと》とす
咦《い》
一声《いっせい》の羌笛《きょうてき》　我《われ》　秦《しん》に向《むか》わん

平起上平十二文

時《とき》に相《あ》い集《つど》い　時《とき》に散《さん》ず
集散固《しゅうさんもと》より知《し》る　水雲《すいうん》の如《ごと》しと
是《こ》れは此《こ》れ水雲《すいうん》　定処《じょうしょ》無《な》し

離筵何更盡慇懃

離筵《りえん》 何《なん》ぞ更《さら》に 慇懃《おんごん》を尽《つく》さん

189 送奕堂侍者轉錫

荷法誠心不等閑
三年扶我主機關
叢林衰廢思君興
臨別爲歌行路難

仄起上平十五刪

法《ほう》を荷《にな》う誠心《じょうしん》 等閑《なおざり》ならず
三年《さんねん》我《われ》を扶《たす》け 機関《きかん》を主《つかさ》どる
叢林《そうりん》の衰廃《すいはい》 君《きみ》が興《おこ》すと思《おも》い
別《わか》れに臨《のぞ》んで為《ため》に歌《うた》う 行路難《こうろなん》

190 又

林下今無獅子遊
野干只見聚同流
老禪頼有抱慵慨
莫混邪媚諂佞儔

仄起下平十一尤

林下《りんか》に今《いま》は獅子《しし》の遊《あそ》ぶ無《な》く
野干《やかんただみ》只見る 同流《どうる》の聚《あつま》るを
老禅《ろうぜん》さいわいに慵慨《ようがい》を抱《いだ》く有《あ》りて
邪媚諂佞《じゃびてんねい》の儔《ともがら》と混《まざ》ること莫《な》し

191　關羽

義覆天下
雄冠三軍
青龍偃月
拂姦邪雲

仄起上平十二文

義《ぎ》は天下《てんか》を覆《おお》い
雄《ゆう》にして三軍《さんぐん》に冠《かん》たり
青竜偃月《せいりゅうえんげつ》
姦邪《かんじゃ》の雲《くも》を払《はら》う

192　爲佛通禪師十七回忌

鄰國志州老作家
橫行天下弄爪牙
莫言十七年前事
今日風寒殺氣加

仄起下平六麻

隣国志州《りんごくししゅう》の　老作家《ろうさっけ》
天下《てんか》に横行《おうこう》し　爪牙《そうが》を弄《ろう》す
言《い》うこと莫《なか》れ十七年前《じゅうしちねんぜん》の事《こと》
今日風寒《こんにちかぜさむ》く　殺気加《さっきくわ》う

193　壽老人

北溟何有盡
南岳了無崩
莫謂人間壽
恰如春日氷

194　蓬萊畫贊

老僧三十五
曾夢此蓬萊
今逾耳順寫
終無出格才

平起下平十蒸

北溟《ほくめい》　何《なん》ぞ尽《つ》くること有《あ》らん
南岳《なんがく》　ついに崩《くず》るること無《な》し
謂《い》うこと莫《なか》れ　人間《にんげん》の寿《よわい》
恰《あたか》も春日《しゅんじつ》の氷《こおり》の如《ごと》しと

平起上平十灰

老僧三十五《ろうそうさんじゅうご》にして
曽《かつ》て此《こ》の蓬萊《ほうらい》を夢《ゆめ》みる
今《いま》いよいよ耳順《じじゅん》に写《うつ》すに
終《つい》に出格《しゅっかく》の才《さい》無《な》し

195 寅年元旦（図二十一）

烏鵲樓中雖遠塵
今朝不免値青春
來參道友倶忘老
相見相驚白髪新

仄起上平十一真

烏鵲楼中《うじゃくろうちゅう》　塵《じん》を遠《とお》ざくると雖《いえど》も
今朝《こんちょう》　青春《せいしゅん》に値《あ》うを免《まぬか》れず
来参《らいさん》の道友《どうゆう》　倶《とも》に老《ろう》を忘《わす》れ
相《あ》い見《まみ》え相《あ》い驚《おどろ》く　白髪《はくはつ》の新《あら》たなるを

196 佛涅槃

昨夜頻聞風雨聲
今朝果有落花香
茫茫流水情何盡
愁殺閻浮八萬城

仄起下平八庚

昨夜《さくや》頻《しき》りに聞《き》く　風雨《ふうう》の声《こえ》
今朝《こんちょう》果《は》たして　落花《らっか》の香《かお》り有《あ》りや
茫々《ぼうぼう》たる流水《りゅうすい》　情《じょう》何《なん》ぞ尽《つ》きん
愁殺《しゅうさい》す閻浮《えんぶ》　八万城《はちまんじょう》

197 圓珠庵千部會燒香三月十五日路見菜花

平起上平一東

黄金布地有香風
十里田園似歩空
轉法花兮法花轉
乳燕鳴鳩入圓通

黄金《おうごん》を地《ち》に布《し》き　香風《こうふう》有《あ》り
十里《じゅうり》の田園《でんえん》　空《くう》を歩《あゆ》むに似《に》たり
転法花《てんほっけ》　法花転《ほっけてん》
乳燕鳴鳩《にゅうえんめいきゅう》　円通《えんずう》に入《い》る

198 惠可大師千二百五十遠忌

平起下平八庚

今朝辭伏水
前刻到王城
望西纔轉眼
一千二百程

今朝《こんちょう》　伏水《ふくすい》を辞《じ》し
前刻《ぜんこく》　王城《おうじょう》に到《いた》る
西《にし》を望《のぞ》み　纔《わずか》に眼《め》を転《てん》ずれば
一千二百程《いっせんにひゃくてい》

199 京師寓所碧岩集開講

纔離浪速泝清波
更入嵐山弄美花
醉後發狂君莫笑
等閑唱出盧公歌

200 無題

四十九年無舌説
五千餘巻載三車
全藏轉與半藏轉
收在江州岡本家

平起下平五歌六麻

纔《わずか》に浪速《なにわ》を離《はな》れ　清波《せいは》を泝《さかのぼ》り
更《さら》に嵐山《らんざん》に入《い》り　美花《びか》を弄《ろう》す
酔後発狂《すいごはっきょう》するも　君《きみ》　笑《わら》うこと莫《なか》れ
等閑《なおざり》に唱《うた》い出《だ》す　盧公《ろこう》の歌《うた》

仄起下平六麻

四十九年《しじゅうくねん》　無舌《むぜつ》の説《せつ》
五千余巻《ごせんよかん》　三車《さんしゃ》に載《の》す
全蔵転《ぜんぞうてん》と　半蔵転《はんぞうてん》と
収《おさ》めて江州岡本家《こうしゅうおかもとけ》に在《あ》り

201 飯盛香積轉大般若

摩訶般若波羅蜜
靂靂霆霆起怒雷
春夢爲醒閑拭眼
落花隨雨點青苔

平起上平十灰

摩訶般若波羅蜜《まかはんにゃはらみつ》
靂々霆々《れきれきていてい》　怒雷《どらい》　起《お》こる
春《しゅん》夢《む》醒《さ》めて　閑《かん》に眼《まなこ》を拭《ぬぐ》えば
落花《らっか》雨《あめ》に随《したが》い　青苔《せいたい》に点《てん》ず

202 伯州雲谷山大龍院二十三世眞如高觀禪師肖像其嗣觀豊和尚請

雲谷山頭跨大龍
曾濺法雨及千峯
後來乍現眞如月
堪照異苗靈草豊

仄起上平二冬一東

雲谷山頭《うんこくさんとう》　大竜《だいりゅう》に跨《また》がり
曽《かつ》て法雨《ほうう》を濺《そそ》ぎ　千峰《せんぽう》に及《およ》ぶ
後来《こうらい》乍《たちま》ち現《げん》ず　真如《しんにょ》の月《つき》
照《て》らすに堪《た》えたり異苗《いみょう》　霊草《れいそう》の豊《ゆた》かなるを

203　石州濱田海藏山龍雲寺三十二代崑山石瑞禪師壽像　仄起下平八庚

一片孝心觀自在
寫眞祝壽見其誠
崑山珠玉龍雲瑞
長照海藏惟徳盛

一片《いっぺん》の孝心《こうしん》　観自在《かんじざい》
真《しん》を写《うつ》し寿《じゅ》を祝《しゅく》し　其《そ》の誠《まこと》を見《み》る
崑山《こんざん》の珠玉《しゅぎょく》　竜雲《りゅううん》の瑞《ずい》
長《とこしな》えに海蔵《かいぞう》を照《て》らし　惟《こ》の徳《とく》　盛《さか》んなり

204　爲桂谷山香積寺志徹孝義禪師遺相　仄起下平一先

志氣能徹
義情最賢
七十一歲
用在機前
咦

志気《しき》は能《よ》く徹《てつ》し
義情《ぎじょう》は最《もっと》も賢《けん》なり
七十一歳《しちじゅういちさい》
用《ゆう》は機前《きぜん》に在《あ》り
咦《い》

桂樹花開空劫外
清香何必據秋天

205 施食香語

三處安安不敢求
利生接物自悠悠
十方含識如慣我
六道輪回何足愁

206 佛誕生

長天崩裂處
大地忽降生
擬灌温涼水

桂樹《けいじゅ》の花開《はなひら》く　空劫《くうごう》の外《ほか》
清香《せいこう》何《なん》ぞ必《かなら》ずしも　秋天《しゅうてん》に拠《よ》らん

仄起下平十一尤

三処安々《さんしょあんあん》　敢《あ》えて求《もと》めず
利生《りしょう》接物《せつぶつ》　自《おのずか》ら悠々《ゆうゆう》たり
十方《じっぽう》の含識《がんじき》　我《われ》に慣《な》るるが如《ごと》し
六道輪回《ろくどうりんね》　何《なん》ぞ愁《うれ》うに足《た》らん

平起下平八庚

長天《ちょうてん》　崩裂《ほうれつ》する処《ところ》
大地《だいち》に　忽《たちま》ち降生《ごうしょう》す
擬《なぞら》って温涼《おんりょう》の水《みず》を灌《そそ》げば

怒雷起一聲

207 病中遭高祖忌二首之一

四大五蘊既脱落
眼横鼻直曾還郷
老僧長病無人會
想見中秋月下情

208 病中遭高祖忌二首之二

老來多病識愈澆
一句臨機難作調
深草閑居纔在耳
爲聞秋雨自蕭條

怒雷《どらい》 一声《いっせい》起《おこ》る

仄起下平八庚

四大五蘊《しだいごうん》 既《すで》に脱落《だつらく》し
眼横鼻直《がんのうびちょく》 曾《かつ》て還郷《げんきょう》す
老僧長病《ろうそうちょうびょう》にして 人《ひと》に会《え》する無《な》し
想見《そうけん》す中秋《ちゅうしゅう》 月下《げっか》の情《じょう》

平起下平二蕭

老来多病《ろうらいたびょう》 識《しき》 愈《いよいよ》澆《うす》く
一句機《いっくき》に臨《のぞ》んで 調《しら》べなし難《がた》し
深草《ふかくさ》の閑居《かんきょ》 纔《わずか》に耳《みみ》に在《あ》り
ために聞《き》く秋雨《しゅうう》の 自《おのずか》ら蕭条《しょうじょう》なるを

209　雪中卽事

三徑雪深無屈曲
遠村乍近省舟車
誰言僻地寒鄉苦
銀殿玉樓人耐奢

210　寄孔安先生

君是山陰王子猷
銜盃賞雪定登樓
松江雖潤非千里
何惜酔中訪載舟

仄起下平六麻

三径《さんけい》雪深《ゆきふか》く　屈曲《くっきょく》無《な》し
遠村《えんそん》たちまち近《ちか》く　舟車《しゅうしゃ》を省《かえり》みる
誰《たれ》か言《い》う僻地《へきち》　寒郷《かんごう》の苦《く》と
銀殿《ぎんでん》玉楼《ぎょくろう》　人《ひと》の奢《おご》るに耐《た》えたり

仄起下平十一尤

君《きみ》是《こ》れ山陰《さんいん》の　王子猷《おうしゆう》
盃《はい》を銜《ふく》み雪《ゆき》を賞《しょう》し　定《さだ》んで楼《ろう》に登《のぼ》る
松江《まつえ》潤《うるお》すと雖《いえど》も　千里《せんり》に非《あら》ず
何《なん》ぞ惜《お》しまん酔中《すいちゅう》　舟《ふね》に載《の》りて訪《と》うを

211　雪中示衆

普天普地忽寒時
擊碎虛空更似篩
休道平原唯一色
縱横却闢百千岐

212　出山相成道忌

當年去國顏如佛
今日出山形似魔
向後對人須守口
纔言成道得摩羅

平起上平四支

普天普地《ふてんふち》　忽《たちま》ち寒《こごゆ》る時《とき》
虚空《こくう》を撃砕《げきさい》し　更《さら》に篩《ふる》うに似《に》たり
道《い》うを休《や》めよ平原《へいげん》　唯一色《ただいっしき》と
縦横《じゅうおう》　却《かえ》って闢《ひら》く　百千《ひゃくせん》の岐《みち》

平起下平五歌

当年国《とうねんくに》を去《さ》り　顔《かお》は仏《ほとけ》の如《ごと》く
今日山《こんにちやま》を出《いで》で　形《かたち》は魔《ま》に似《に》たり
向後人《こうごひと》に対《たい》し　須《すべから》く口《くち》を守《まも》るべし
成道《じょうどう》を讒言《ざんげん》すれば　摩羅《まら》を得《う》る

213

同献粥

堪笑年年臘七夜
叢林盡待曉風新
當山鷄子最怜悧
未打四更驚覺人

214

成道會

無始劫來生死眠
一朝驚起法身圓
駿駒臨路猶迷夢
莫怪老僧加熱鞭

仄起上平十一真

笑《わら》うに堪《た》えたり年々《ねんねん》　臘七《ろうしち》の夜《よる》
叢林《そうりん》　尽《ことごと》く待《ま》つ　暁風《ぎょうふう》の新《あら》たなるを
当山《とうざん》の鶏子《けいし》　最《もっと》も怜悧《れいり》
未《いま》だ四更《しこう》を打《た》せずして　人《ひと》を驚覚《きょうがく》す

仄起下平一先

無始劫来《むしごうらい》　生死《しょうじ》の眠《ねむ》り
一朝《いっちょう》　驚起《きょうき》し　法身円《ほっしんまど》かなり
駿駒《しゅんく》路《みち》に臨《のぞ》み　なお夢《ゆめ》に迷《まよ》う
怪《あや》しむこと莫《なか》れ老僧《ろうそう》　熱鞭《ねつべん》を加《くわ》うるを

215 同示衆

機輪撥轉恰如環
山作水兮水作山
今日雪深來往絶
須知平地有難關

216 斷臂贊（図十七）

西來毒手奪心肝
斷臂易兮續臂難
君若當年惜身命
兒孫爭得見平安

平起上平十五刪

機輪《きりん》の撥転《はってん》　恰《あたか》も環《かん》の如《ごと》し
山《やま》は水《みず》となり　水《みず》は山《やま》となる
今日《こんにち》雪《ゆき》深《ふか》く　来往《らいおう》は絶《た》ゆ
須《すべか》らく知《し》るべし平地《へいち》に　難関《なんかん》あるを

平起上平十四寒

西来《せいらい》の毒手《どくしゅ》　心肝《しんかん》を奪《うば》う
断臂《だんぴ》は易《やす》く　続臂《ぞくひ》は難《がた》し
君《きみ》若《も》し当年《とうねん》　身命《しんめい》を惜《お》しめば
児孫《じそん》いかでか平安《へいあん》を見《み》るを得《え》ん

217 同午時

祖庭求法到途窮
墮涙千行雪亦紅
只道大師能斷臂
何知放下身心終

218 庚子歳旦

優遊不覺舊年去
恍惚猶疑新歳來
被問此翁多少齒
擵頭笑指破窓梅

平起上平一東

祖庭《そてい》に法《ほう》を求《もと》め　途《みち》を窮《きわ》め到《いた》る
涙千行《なみだせんぎょう》を墮《だ》し　雪亦《ゆきまた》紅《くれない》なり
只道《ただい》う大師《だいし》　能《よ》く断臂《だんぴ》すと
何《なん》ぞ知《し》らん身心《しんじん》を放下《ほうげ》し終《お》わんぬ

平起上平十灰

優遊《ゆうゆう》として覚《おぼ》えず　旧年《きゅうねん》の去《さ》るを
恍惚《こうこつ》としてなお疑《うたが》う　新歳《しんさい》の來《きた》るを
此《こ》の翁《おう》　歯《し》の多少《たしょう》を問《と》われ
擵頭《まとう》し笑《わら》いて指《ゆびさ》す　破窓《はそう》の梅《うめ》

219　正月四日立春

送歳無端重送歳
迎春底事又逢春
我門再犯雖堪恥
錦上鋪花物更新

220　爲覺禪孝道二上座

南方道與北方禪
公案看來猶未圓
兩箇泥牛戰入海
深深消息有誰邊

仄起上平十一真

歳《とし》を送《おく》りはしなく　重《かさ》ねて歳《とし》を送《おく》る
春《はる》を迎《むか》え底事《なにごと》ぞ　又春《またはる》に逢《あ》うとは
我門《われもん》を再犯《さいはん》し　恥《は》ずるに堪《た》ゆと雖《いえど》も
錦上《きんじょう》に花《はな》を鋪《し》き　物更《ものさら》に新《あら》たなり

平起下平一先

南方《なんぽう》の道《どう》と北方《ほっぽう》の禅《ぜん》と
公案《こうあん》を看《かん》じ来《きた》れば　なお未《いま》だ円《まど》かならず
両箇《りょうこ》の泥牛《でいぎゅう》　戦《たたか》って海《うみ》に入《い》る
深々《しんしん》の消息《しょうそく》　誰《た》が辺《へん》にか有《あ》る

221 大般若滿散

轉來轉去深般若
百日勵聲動地天
外道波旬落胆處
大龍吐雨雨如煙

222 講了

葛藤多少日
欺汝本來人
口業雖難脱
勝他土地神

平起下平一先

転《てん》じ来《きた》り転《てん》じ去《さ》る　深般若《じんはんにゃ》
百日《ひゃくにち》の励声《れいせい》　地天《ちてん》を動《うご》かす
外道《げどう》波旬《はじゅん》　落胆《らくたん》する処《ところ》
大竜《だいりゅう》雨《あめ》を吐《は》き　雨《あめ》　煙《けむり》の如《ごと》し

平起上平十一真

葛藤《かっとう》　多少《たしょう》の日《ひ》
汝《なんじ》を欺《あざむ》く　本来《ほんらい》の人《ひと》
口業《くごう》　脱《だっ》し難《がた》しと雖《いえど》も
他《た》の土地神《どちしん》に勝《まさ》る

223 爲溺死設施食

昔日洪波平地起
幾多男女没簸川
而今四海清如鏡
帆靜老婆勘破船

224 留勝部氏數日將辭題壁

愛此山家靜
遠塵爲淹留
主人猶不厭
養道得清遊

仄起下平一先

昔日洪波《せきじつこうは》　平地《へいち》に起《お》き
幾多《いくた》の男女《なんにょ》　簸川《はせん》に没《ぼっ》す
而今四海《にこんしかい》　清《きよ》く鏡《かがみ》の如《ごと》し
帆《ほ》は静《しず》かなり老婆《ろうば》　勘破《かんぱ》の船《ふね》

仄起下平十一尤

愛《あい》す此《この》　山家《さんか》の静《しず》かなるを
遠塵《えんじん》　為《ため》に淹留《えんりゅう》す
主人《しゅじん》　猶厭《なおいと》わず
道《どう》を養《やしな》い　清遊《せいゆう》を得《え》たり

225　逢布野氏涅槃忌

佛涅槃之夕
慇懃禮達磨
誰知布野宅
元不是娑婆

於達磨眞前焚香　仄起下平五歌

仏涅槃《ぶつねはん》の夕《せき》
慇懃《おんごん》に達磨《だるま》を礼《らい》す
誰《たれ》か知《し》らん布野《ふの》の宅《たく》
元《もと》是《こ》れ娑婆《しゃば》にあらず

226　贈松江泰孔安先生

梅花落盡柳條長
黄鳥和鳴窺竹牀
賢友更無寄佳句
不知春酒幾家香

平起下平七陽

梅花《ばいか》落《お》ち尽《つ》くし　柳条《りゅうじょう》長《なが》く
黄鳥《こうちょう》は和鳴《わめい》し　竹牀《ちくしょう》を窺《うかが》う
賢友《けんゆう》更《さら》に佳句《かく》を寄《よ》するなし
知《し》らず春酒《しゅんしゅ》の　幾家《いくけ》にか香《かお》るを

227
戒會啓建

江邊春盡探幽谷
猶見百花爭色香
強覓老僧更説戒
還恐草木失其光

228
施食

山深水自潔
市遠草愈芳
諸鬼今知足
如魚遊大洋

平起下平七陽

江辺《こうへん》の春《はる》尽《つ》き　幽谷《ゆうこく》を探《さぐ》れば
猶《なお》見《み》る百花《ひゃっか》　色香《しきこう》を争《きそ》うを
強《し》いて老僧《ろうそう》に覓《もと》む　更《さら》に説戒《せっかい》を
還《かえ》って恐《おそ》る　草木《そうもく》の其《そ》の光《ひかり》を失《しっ》するを

平起下平七陽

山深《やまふか》く　水《みず》自《おのずか》ら潔《きよ》く
市遠《いちとお》く　草《くさ》いよいよ芳《かんば》し
諸鬼《しょき》　今《いま》足《た》るを知《し》り
魚《うお》の大洋《たいよう》に遊《あそ》ぶが如《ごと》し

229　龕山成道頌

従門入者不家珍
同死同生交最親
未穏在兮君見也
蓋天蓋地叫聲新

230　佛誕生

踏破摩耶黒漆樓
周行七歩甚優優
無端更下獨尊語
指地指天墮兩頭

平起上平十一真

門《もん》より入《い》るものは　家珍《かちん》にあらず
同死《どうし》と同生《どうしょう》と　こもごも最《もっと》も親《した》し
未《いま》だ穏《おだ》やかならざるに　君見《きみみ》るや
蓋天蓋地《がいてんがいち》　叫声《きょうせい》新《あら》たなるを

（注）従門入者不家珍——碧巌録五則参照。

仄起下平十一尤

踏破《とうは》す摩耶《まや》　黒漆《こくしつ》の楼《ろう》
周行七歩《しゅうこうしちほ》　はなはだ優々《ゆうゆう》
はしなくも更《さら》に下《くだ》す　独尊《どくそん》の語《ご》
指地指天《しちしてん》　両頭《りょうとう》を堕《だ》す

231　辭勢州法泉結制助化之請

老來俊馬不能馳
況復蹇驢日日疲
固養殘生尚伏櫪
堪慚伯樂苦顧之

232　首夏上古城

夏山聳緑點無雨
颯颯清風氣似秋
偶上古城奏一曲
還思昔日自催愁

平起上平四支

老来《ろうらい》の俊馬《しゅんめ》　馳《は》すこと能《あた》わず
況《いわん》やまた蹇驢《けんろ》　日々《ひび》に疲《つか》る
もとより残生《ざんしょう》を養《やしな》い　なお櫪《れき》に伏《ふ》す
慚《はず》るに堪《た》えたり伯楽《はくらく》も　これを苦顧《くこ》するに

(注) 伏櫪《ふくれき》——人が人の養いをうけることのたとえ。

平起上平十一尤

夏山《かざん》緑《みどり》に聳《そび》え　点《てん》も雨《あめ》無《な》し
颯々《さつさつ》たる清風《せいふう》　気《き》は秋《あき》に似《に》たり
たまたま古城《こじょう》に上《のぼ》り　一曲《いっきょく》を奏《そう》すれば
還《かえ》って昔日《せきじつ》を思《おも》い　自《おのずか》ら愁《うれ》いを催《もよお》す

233 自行乞歸山

大衆疲行乞
暮雲擁樹時
相將歸谷口
與鳥欲迷枝

234 到覺融寺

峻嶺奇峯聳碧空
杜鵑聲自白雲中
爲扶竹杖經澗道
終上運龍遊覺融

仄起上平四支

大衆《だいしゅ》　行乞《ぎょうこつ》に疲《つか》る
暮雲《ぼうん》　樹《じゅ》を擁《いだ》くの時《とき》
相《あ》い将《まさ》に谷口《こっこう》に帰《かえ》るに
鳥《とり》と与《とも》に　枝《し》に迷《まよ》わんとす

仄起上平一東

峻嶺《しゅんれい》の奇峰《きほう》　碧空《へきくう》に聳《そび》え
杜鵑《とけん》の声《こえ》　自《おのずか》ら　白雲《はくうん》の中《うち》
竹杖《ちくじょう》に扶《たす》けられ　澗道《かんどう》を経《へ》て
終《つい》に運龍《うんりゅう》に上《のぼ》り　覚融《かくゆう》に遊《あそ》ぶ

235
爲大方無外禪師

破家者與興家者
其徳元非同日論
月石山頭開眼見
大方無外覆乾坤

不起滅定現諸威儀　還外公禅師空
手献湯外　野衲得之　正与麽時
誰是賓誰是主　咄

236
開講

處處叢林春已暮

平起上平十三元

破家者《はけしゃ》と興家者《こうけしゃ》と
其《そ》の徳《とく》　元《もと》は同日《どうじつ》に論《ろん》ずるに非《あら》ず
月石山頭《がっせきさんとう》　眼《まなこ》を開《ひら》いて見《み》れば
大方無外《だいほうむがい》　乾坤《けんこん》を覆《おお》う

不起滅定《ふきめつじょう》、諸《もろもろ》の威儀《いいぎ》を現《げん》ず　また外公禅師《がいこうぜんじ》　空手《くうしゅ》
献湯《けんとう》の外《ほか》　野衲《やのう》之《これ》を得《え》たり　正与麽《しょうよも》の時《とき》　誰《たれ》か是《こ》れ
賓《ひん》　誰《たれ》か是《こ》れ主《しゅ》　咄《とつ》

仄起上平四支

処々《しょしょ》の叢林《そうりん》　春《はる》已《すで》に暮《く》れ

寥寥寂寂不堪悲
老僧爲在空山頂
啼血頻頻學子規

237 大般若啓建

六百金文豈可輕
人人須是授丹誠
不唯其樂豊年瑞
要發本來無事聲

238 三笑

三人一笑
一笑三人

寥々寂々《りょうりょうせきせき》 悲《かな》しむに堪《た》えず
老僧《ろうそう》ために 空山《くうざん》の頂《いただき》に在《あ》り
啼血頻々《ていけつひんぴん》 子規《しき》に学《まな》ぶ

仄起下平八庚

六百《ろっぴゃく》の金文《こんもん》 豈《あに》に軽《かろん》ずべからず
人々《にんにん》須《すべから》く是《こ》の 丹誠《たんじょう》を授《さず》かるべし
唯《ただ》其《そ》の豊年《ほうねん》の瑞《ずい》を楽《たの》しむのみにあらず
発《はつ》せんと要《よう》す本来《ほんらい》 無事《ぶじ》の声《こえ》

四古十一真

三人《さんにん》 一笑《いっしょう》す
一笑《いっしょう》の三人《さんにん》

虎溪橋畔
風流絶倫

239 端午

近日人思雨
夜來幸達望
苗長茅舍外
筍抜廚庫傍
採藥何移歩
喫茶共坐堂
山中無濁水
休勞汨羅行

虎渓橋畔《こけいきょうはん》
風流《ふうりゅう》 絶倫《ぜつりん》たり

仄起下平七陽

近日《きんじつ》　人《ひと》は雨《あめ》を思《おも》い
夜来《やらい》　幸《さいわ》いに望《のぞ》みを達《たっ》す
苗《なえ》は長《なが》し　茅舎《ぼうしゃ》の外《そと》
筍《しゅん》は抜《ぬきん》ず　厨庫《ずく》の傍《かたわ》ら
薬《くすり》を採《と》り　何《いず》こにか歩《ほ》を移《うつ》し
茶《ちゃ》を喫《きっ》し　共《とも》に堂《どう》に坐《ざ》す
山中《さんちゅう》　濁水《だくすい》無《な》く
労《ろう》を休《や》め　汨羅《べきら》に行《い》く

240　泰丈首坐小祥忌次其遺偈韻以充供養　仄起上平十五刪

丈子翻身一蹴間
既崩二十一年山
杜鵑聲裡焚香見
月面穿雲今此還

丈子《じょうし》身《み》を翻《ひるがえ》す　一蹴《いっしゅう》の間《かん》
既《すで》に崩《くず》す二十一年《にじゅういちねん》の山《やま》
杜鵑声裏《とけんせいり》　香《こう》を焚《た》いて見《み》れば
月面雲《げつめんくも》を穿《うが》つて　今此《いまここ》に還《かえ》る

241　賡陽松橘仙禪師來訪韻

平起上平十二文　有告一事故句中及于此

雖遭仙鶴誘鶏群
微翼安能得搏雲
鶻臭布衫余所愛
清香似麝莫來薰

仙鶴《せんかく》　鶏群《けいぐん》の誘《さそ》いに遭《あ》うと雖《いえど》も
微翼《びよく》　いずくんぞ能《よ》く　搏雲《はくうん》するを得《え》ん
鶻臭布衫《こつしゅうふさん》　余《よ》の愛《あい》す所《ところ》
清香《せいこう》は麝《じゃ》に似《に》るも　薫《くん》じ来《きた》ること莫《な》し

242　賛達道首坐圓鏡中有文珠像

胡漢相映空劫前
七通八達道正全
文珠菩薩跨獅子
三所安居一智圓

仄起下平一先　以三所村故用所字
胡漢《こかん》相《あ》い映《えい》ず　空劫《くうごう》の前《まえ》
七通八達《しちつうはったつ》　道《みち》　正《まさ》に全《まった》し
文珠菩薩《もんじゅぼさつ》　獅子《しし》に跨《またが》り
三所《さんしょ》の安居《あんご》　一智《いっち》円《まど》かなり

243　賀堂頭和尚　名吾寶

月石山頭乃有寶
尋常兩物救貧窮
者回結夏安清衆
等轉二輪高道風

仄起上平一東
月石山頭《がっせきさんとう》　乃《すなわ》ち宝《たから》有《あ》り
尋常《じんじょう》の両物《りょうもつ》　貧窮《ひんきゅう》を救《すく》う
こん回《かい》の結夏《けつげ》　清衆《せいしゅ》を安《やす》んじ
等《ひと》しく二輪《にりん》を転《てん》じ　道風《どうふう》高《たか》し

244

高也思得枯木自爲笏形而不假人工者以玩之久焉此有小池逸平先生偶持斯物來授之棒而觀之蜒蜿乎其形恰如金龍懸雲間首尾全備而点無斧削之痕古朴最可愛也於是大償宿望喜不自勝卒裁一絶敬以謝之云爾

法器寄來君子情

高也、思い得たり、枯木自ら笏形を為すと、而も人工のものを仮らず、以て之を玩すること久しや、此に小池逸平先生有り偶々この物を持ち来り、この棒を授く、而も之を観るに蜒蜿なり、其の形恰も金龍の雲間に懸る如く首尾全て備い、而も点も斧削の痕も無く、古朴で最も愛す可きなり、是に於て大いに宿望を償う喜び自ら勝えず、卒かに一絶を裁いて、敬い以て之を謝し云うのみ

仄起下平八庚

法器《ほうき》寄《よ》せ来《きた》る　君子《くんし》の情《じょう》

天然巧妙直連城
今償宿志何時節
掌裏木龍騰躍輕

245 水陸會

雨霽雲收杲日明
藍田長玉自菁菁
寂光淨土常如是
休向他方樂往生

246 寄松江秦孔安

山中寂寞少親知
鐵笛穿雲獨自吹

『烏鵲楼高閑録』

天然巧妙《てんねんこうみょう》にして　連城《れんじょう》に直《あたい》(値)す
今宿志《いましゅくし》を償《つぐな》う　何《なん》の時節《じせつ》か
掌裏《しょうり》の木竜《もくりゅう》　騰躍《とうやく》　軽《かろ》し

仄起下平八庚

雨《あめ》霽《は》れ雲《くも》收《おさま》り　杲日《こうじつ》明《あき》らかなり
藍田《らんでん》の長玉《ちょうぎょく》　自《おのずか》ら菁々《せいせい》たり
寂光浄土《じゃっこうじょうど》　常《つね》に是《かく》の如《ごと》し
他方《たほう》に向《む》かって　楽往生《らくおうじょう》するを休《や》めよ

平起上平四支

山中寂寞《さんちゅうせきばく》として　親知《しんち》少《まれ》なり
鉄笛雲《てつてきくも》を穿《うが》って　独《ひと》り自《みず》から吹《ふ》く

三所松江唯一日
故人何惜半篇詩

三所《さんしょ》の松江《まつえ》　唯一日《ただいちにち》
故人何《こじんなん》ぞ惜《おし》まん　半篇《はんぺん》の詩《し》を

247　**碧岩集満講**

仄起上平一東

百則葛藤三夏中
帯累松柏有何功
而今截斷掃蹤去
枝葉不妨聳碧空

百則《ひゃくそく》の葛藤《かっとう》　三夏《さんげ》の中《うち》
帯累《たいるい》たる松柏《しょうはく》　何《なん》の功《こう》か有《あ》らん
而今《にこん》截断《せつだん》し　跡《あと》を掃《は》き去《さ》る
枝葉《しよう》妨《さまた》げず　碧空《へきくう》に聳《そび》ゆるを

（注）帯累はとらわれ、累を及ぼすこと。

248　**贊金剛山五世寰中宜邦禪師傳外祖宗嗣子**

仄起上平一東

傳外不妨傳祖宗
金剛眼黒當寰中

伝外《でんがい》は妨《さまた》げず　祖宗《そしゅう》に伝《つた》うを
金剛《こんごう》の眼《め》は黒《くろ》し　当寰《とうかん》の中《うち》

垂衣皇化自無爲
莫怪萬邦歸徳風

249 栽松道者

祇陀古佛眼明哉
細説此翁之再來
雲鎖雙峯千仞勢
莫言借宿女兒胎

250 爲雪庭上坐

是夜松江秋月明
月光如雪水愈清
哀哀鴻雁聲何切

『烏鵲楼高閑録』

垂衣《すいえ》の皇化《こうか》　自《おのずか》ら無爲《むい》
怪《あや》しむこと莫《なか》れ万邦《ばんぽう》　徳風《とくふう》に帰《き》すを

平起上平十灰

祇陀古仏《ぎだこぶつ》　眼《まなこ》は明《あき》らかなり
細《こま》やかに説《と》く此翁《このおう》の再来《さいらい》を
雲《くも》は鎖《とざ》す双峰《そうほう》　千仞《せんじん》の勢《いきお》い
言《い》うこと莫《なか》れ宿《やど》を女児《にょじ》の胎《たい》に借《か》ると

仄起下平八庚

是夜松江《このよまつえ》　秋月明《しゅうげつあき》らかなり
月光《げっこう》は雪《ゆき》の如《ごと》く　水《みず》は愈《いよいよ》清《きよ》し
哀々《あいあい》たる鴻雁《こうがん》　声《こえ》何《なん》ぞ切《せつ》なる

獨棹扁舟不耐情

独《ひと》り扁舟《へんしゅう》に棹《さお》さし　情《じょう》に耐《た》えず

251 弔象袴禪師　濟門宗師未相見

平起下平十一尤

福緣淺薄未隨遊
臨路無端遭大休
澆末秋風頻拂地
叢林寂漠使人愁

福縁浅薄《ふくえんせんぱく》にして　未《いま》だ遊《ゆう》に随《したが》わず
路《みち》に臨《のぞ》みはしなくも　大休《だいきゅう》に遭《あ》う
澆末《ぎょうまつ》の秋風《しゅうふう》　頻《しき》りに地《ち》を払《はら》い
叢林寂漠《そうりんせきばく》として　人《ひと》をして愁《うれ》いせしむ

252 備中千丈禪客投宿商量

學人入師爐鞴乞師一接師云汝是稱備州備前麼備中麼備後麼云備中師云卽今向甚麼去云無所從來無所去師云緩汝三十棒云恩大難報師云若

学人、師の炉鞴に入り師に一接を乞う、師云く汝是れ備州と称するは、備前か備中か備後かと、云く備中と、師云く即今甚麼向かつて去るか云く従り来る所は無く、去る所無し、師云く、緩く汝に三十棒、

至諸方勿擧示此話示偈云

無所從來無所去
不留備後備前中
三十棒兮知用所
若逢老宿起宗風

253　無題

鐵顏不顧幽谷花
春風飛錫入煙霞
東關萬里路窮處

『烏鵲楼高閑録』

云く恩大いにして報じ難し、師云く若し諸方に至るも此話を挙示することなかれと、偈に示して云く

仄起上平一東　拗体形

従《よ》り来《きた》る所《ところ》無《な》く　去《さ》る所《ところ》も無《な》し
備後備前《びんごびぜん》の中《うち》にも留《とど》まらず
三十棒《さんじゅうぼう》や用《もち》いる所《ところ》を知《し》れ
老宿《ろうしゅく》に逢《あ》うて　宗風《しゅうふう》を起《た》つるが若《ごと》し

仄起下平六麻

鉄顔《てつがん》を顧《かえり》みず　幽谷《ゆうこく》の花《はな》
春風《しゅんぷう》に錫《しゃく》を飛《と》ばし　煙霞《えんか》に入《い》る
東関万里《とうかんばんり》　路窮《みちきわ》まる処《ところ》

莫對西山落日斜

対《たい》すること莫《なか》れ西山《せいざん》　落日《らくじつ》の斜《なな め》なるに

254　悼磨甎禪師

仄起下平一先

嗚我宗師戢化緣
落梅一曲慟人天
叢林從是無知己
堪憶伯牙曾斷絃

嗚《あ》(嗚)あ我《わ》が宗師《しゅうし》　化縁《けえん》を戢《おさ》む
落梅《らくばい》の一曲《いっきょく》　人天《にんでん》を慟《どう》す
叢林《そうりん》是《こ》れ従《よ》り　知己《ちき》無《な》し
憶《おも》うに堪《た》えたり伯牙《はくが》の　曽《かつ》て絃《げん》を断《だん》ずるを

255　四皓歸山圖贊以賀雲州儀滿彥三郎玄虛居士六十　仄起上平一東

昔日四皓遊漢宮
隨陪太子助皇風
張良忠策今堪憶
莫怪爲君畫此翁

昔日《せきじつ》四皓《しこう》　漢宮《かんきゅう》に遊《あそ》び
太子《たいし》に随陪《ずいばい》し　皇風《こうふう》を助《たす》く
張　良《ちょうりょう》の忠策《ちゅうさく》　今《いま》憶《おも》うに堪《た》えたり
怪《あや》しむこと莫《なか》れ君《きみ》が為《ため》に　この翁《おう》を画《えが》くを

256 秋日辭金城(図二十)

江上逢霜落
冷風拂老顔
乃知紅葉待
扶杖卽歸山

257 秋日辭金城

歸來秋日到家山
屋後門前霜葉斑
半夜更逢明月照
始知此境不人間

仄起上平十五刪

江上《こうじょう》　霜落《そうらく》に逢《あ》い
冷風《れいふう》　老顔《ろうがん》を払《はら》う
乃《なん》ぞ知《し》らん　紅葉《こうよう》の待《ま》つを
杖《つえ》に扶《たよ》りて　即《すなわ》ち山《やま》に帰《かえ》る

平起上平十五刪

帰《かえ》り来《きた》る秋日《しゅうじつ》　家山《かざん》に到《いた》る
屋後門前《おくごもんぜん》　霜葉《そうよう》　斑《まだら》なり
半夜更《はんやさら》に逢《あ》う　明月《めいげつ》の照《て》らすに
始《はじ》めて知《し》る此境《このきょう》　人間《じんかん》にあらずと

258　復海藏叟禪師

荷法婆心豈等閑
朶雲光彩照林間
我儕不是華亭老
却怪道吾勸夾山

仄起上平十五刪

法《ほう》を荷《にな》い　婆心《ばしん》　あに等閑《なおざり》ならんや
朶雲《だうん》の光彩《こうさい》　林間《りんかん》を照《て》らす
我《わ》が儕《ともこ》是れ華亭老《かていろう》ならず
却《かえ》って怪《あや》しむ道吾《どうご》が　夾山《かっさん》に勧《すす》むるを

（注）夾山見船子縁——三百則上九十参照。

259　爲繁嶽照榮居士嶺雲禪童子釋觀月信女

繁岳顯秋色
嶺雲隨暮風
柴門無客到
觀月出林叢

仄起上平一東

繁岳《はんがく》　秋色《しゅうしょく》を顕《あらわ》し
嶺雲《れいうん》　暮風《ぼふう》に随《したが》う
柴門《さいもん》　客《かく》の到《いた》る無《な》し
月《つき》の林叢《りんそう》より出《い》づるを観《み》る

260

和羽州法雲禪者投宿相見呈偈韻以示之

平起下平一先

従前行脚幾山川
撥草瞻風意氣全
若是更知轉身路
何妨歩歩到幽玄

従前《じゅうぜん》　行脚《あんぎゃ》す　幾山川《いくさんせん》
撥草瞻風《はっそうせんぷう》　意気《いき》全《まった》し
若《も》し是《こ》れ更《さら》に転身《てんしん》の路《みち》を知《し》らば
何《なん》ぞ妨《さまた》げん歩々《ぼぼ》　幽玄《ゆうげん》に到《いた》るを

261

永祖忌

平起下平一先

焚香禮拜玉簾前
非問身心脱落禪
越北三南多少隔
吉祥秋在飯盛巓

香《こう》を焚《た》き礼拝《らいはい》す　玉簾《ぎょくれん》の前《まえ》
身心脱落《しんじんだつらく》の禅《ぜん》を問《と》うに非《あら》ず
越北三南《えつほくさんなん》　多少《たしょう》隔《へだ》つも
吉祥《きちじょう》の秋《あき》は　飯盛《はんせい》の巓《いただき》に在《あ》り

262

皓台泉公大禪師奉朱璽有東關行亀岳豫催戒會邀其還駕而請以戒師余亦今秋將赴郷國淨眼之會仍路出名府幸得接塵尾外也曾辱同參之誼今其同日之還郷豈得無感慨哉遂賦野偈二絶謹呈下情云爾

天外幾看青鳥飛
擧頭斫額待榮歸

皓台泉公大禅師、朱璽を奉じ東関に行く有り、亀岳予め戒会を催し其の還駕を迎え、而して戒師に請す、余も亦今秋将に郷国浄眼之会へ赴かんとす、すなわち路は名府を出て、幸いに塵尾に接するを得たり。外に也た、曽て同参の誼みを辱し、今其に同日の還郷あに感慨無きを得んや、遂に野偈二絶を賦し謹呈して下情を云うのみ

仄起上平五微

天外《てんがい》に幾《いく》たびか看《み》る　青鳥《せいちょう》の飛《と》ぶを
頭《こうべ》を挙《あ》げ額《ひたい》を斫《き》り　栄帰《えいき》を待《ま》つ

西東從是更相隔
今日款談償宿祈

263 又

秋風各得唱還鄕
晝錦何同世上榮
唯恥勢南過橋日
戒珠不似照金城

264 寄鼎三和尚

秋深霜葉只辭條
處處叢林自寂寥
從是吉祥峯下路

西東《さいとう》是《こ》れ従《よ》り　更《さら》に相隔《あいへだ》つに
今日款談《こんにちかんだん》し　償宿《よきしゅく》を祈《いの》る

平起下平八庚

秋風各《しゅうふうおのおの》　還郷《げんきょう》を唱《とな》うを得《え》て
昼錦《ちゅうきん》　何《なん》ぞ同《おな》じゅうせん　世上《せじょう》の栄《えい》と
唯《ただ》恥《は》ず勢南《せいなん》　過橋《かきょう》の日《ひ》
戒珠《かいしゅ》似《に》せず　金城《きんじょう》を照《て》らすに

平起下平二蕭

秋深《あきふか》く霜葉《そうよう》　只《た》だ条《じょう》を辞《じ》し
処々《しょしょ》の叢林《そうりん》　自《おのずか》ら寂寥《せきりょう》たり
是《こ》れ従《よ》り吉祥峰下《きちじょうほうげ》の路《みち》

萋萋安得見靈苗

265 和十洲禪師惠韻

自從疇昔出郷關
四十餘年一夢間
今日歸來相識少
秋州何幸拜仙顏

266 達磨忌逮夜

梁武殿中容敗闕
少林山上得摩羅
要看我祖慚顏色
檻外殘秋紅葉多

萋々《せいせい》いずくにか霊苗《れいみょう》に見《まみ》ゆるを得《え》ん

平起上平十五刪

疇昔《ちゅうせき》より　郷関《きょうかん》を出《い》で
四十余年《しじゅうよねん》　一夢《いちむ》の間《かん》
今日《こんにち》帰《かえ》り来《きた》りて　相識《そうしき》少《まれ》なるも
秋州《しゅうしゅう》何《なん》ぞ幸《さいわ》いたり　仙顔《せんがん》に拝《はい》すとは

仄起下平五歌

梁武殿中《りょうぶでんちゅう》　敗闕《はいけつ》を容《い》れ
少林山上《しょうりんさんじょう》に　摩羅《まら》を得《え》る
看《み》んと要《よう》す我祖《わがそ》の　慚顔《ざんがん》の色《いろ》
檻外《らんがい》の残秋《ざんしゅう》　紅葉《こうよう》多《おお》し

267 同午時

西來無意隔大洋
無意西來五葉香
不是蘭亭臨曲水
小春風暖憶流觴

268 賀淨眼堂頭初法幢

正起叢規祝太平
高翻法旆度群生
曦輪曄曄神風裏
天照光新萬像明

平起下平七陽

西来《せいらい》　無意《むい》　大洋《たいよう》を隔《へだ》て
無意《むい》の西来《せいらい》　五葉香《ごようかぐわ》し
是《こ》れ蘭亭《らんてい》の曲水《きょくすい》に臨《のぞ》むにあらざるも
小春《しょうしゅん》の風暖《かぜあたた》かく　流觴《りゅうしょう》を憶《おも》う

仄起下平八庚

正《まさ》に叢規《そうき》を起《お》こし　太平《たいへい》を祝《いわ》う
高《たか》く法旆《ほうはい》を翻《ひるがえ》し　群生《ぐんじょう》を度《ど》す
曦輪曄々《ぎりんようよう》　神風《しんぷう》の裏《うち》
天照《てんしょう》の光新《ひかりあら》たに　万像明《まんぞうあき》らかなり

269　解入

仄起下平一先

浄眼梵城白米邊
謀臣猛將聚如淵
盤礴智劍轉般若
降伏衆魔在戰前

浄眼梵城《じょうげんぼんじょう》　白米《はくべい》の辺《へん》
謀臣猛将《ぼうしんもうしょう》　集《あつ》まり淵《ふち》の如《ごと》し
盤礴《ばんせん》　智剣《ちけん》　般若《はんにゃ》を転《てん》じ
降伏《ごうぶく》す衆魔《しゅま》　戦前《せんぜん》に在《あ》り

270　賀隆道首坐

仄起上平一東

龍客象賓雖氣雄
人天眼目在掌中
一場法戰更無敵
隆興祖門振道風

竜客象賓《りゅうかくぞうひん》　気《き》雄《ゆう》と雖《いえど》も
人天《にんでん》の眼目《がんもく》　掌中《しょうちゅう》に在《あ》り
一場《いちじょう》の法戦《ほっせん》　更《さら》に敵《てき》無《な》し
祖門《そもん》を隆興《りゅうこう》し　道風《どうふう》を振《ふる》う

271 戒會啓建

一雀枉成群雀師
欲以黄口説毘尼
聚頭作相羅籠裏
末法澆風實耐悲

272 完戒施食

淨眼由來勝境地
開山古佛徳愈明
奇哉天照護法力
昨日雨兮今日晴

仄起上平四支

一雀《いちじゃく》 枉《ま》げて群 雀《ぐんじゃく》の師《し》と成《な》り
黄口《こうく》を以《もっ》て毘尼《びに》を説《と》かんと欲《ほっ》す
聚 頭作相《しゅうとうさくそう》 羅籠《らろう》の裏《うち》
末法《まっぽう》の澆 風《ぎょうふう》 実《じつ》に悲《かな》しむに耐《た》えん

仄起下平八庚

浄眼《じょうげん》 由来《ゆらい》 勝 境《しょうきょう》の地《ち》たり
開山古仏《かいさんこぶつ》 徳《とく》は愈《いよいよ》明《あき》らかなり
奇《き》なる哉《かな》 天照《てんしょう》 護法《ごほう》の力《ちから》
昨日《さくじつ》の雨《あめ》 今日《こんにち》は晴《は》る

273 碧岩録開講

平起下平三肴

當山開祖虎藏主
古曲調高碧岩鈔
經歷星霜絃欲絶
者回誰怪把鸞膠

当山開祖《とうざんかいそ》　虎蔵主《こぞうす》
古曲《こきょく》の調《しら》べは高《たか》し　碧岩《へきがん》の鈔《しょう》
星霜《せいそう》を経歴《けいれき》し　絃《げん》を絶《た》たんと欲《ほっ》するに
この回誰《かいたれ》か怪《あや》しまん　鸞膠《らんこう》を把《と》るを

274 磨甎禪師退興聖初隱別峯後移伯耆向原村安福寺而終焉

平起上平十灰

宇川灘上梅如雪
耆向原頭雪似梅
江北江南雖掃跡
別峯相見幾千回

宇川灘上《うかわたんじょう》　梅《うめ》は雪《ゆき》の如《ごと》く
耆向原頭《きこうげんとう》　雪《ゆき》は梅《うめ》に似《に》たり
江北《こうほく》と江南《こうなん》と　跡《あと》を掃《はら》うと雖《いえど》も
別峰《べっぽう》　相《あ》い見《み》ること　幾千回《いくせんかい》

275 先師諱日

狼牙箭簇觸衣衿
毒氣重重入骨深
神藥將來無所着
年年此夜恨何禁

276 爲禪岩良旨信士

禪窟向陽冬自暖
岩前松柏氣如春
良緣難値莫空遇
旨趣明明物物新

平起下平十二侵

狼牙《ろうが》の箭簇《せんぞく》　衣衿《えきん》に触《ふ》れ
毒気《どっけ》重々《ちょうちょう》と　骨《ほね》に入《い》ること深《ふか》し
神薬《しんやく》将《も》ち来《きた》るも　着《つ》くる所《ところ》無《な》し
年々此夜《ねんねんこのよ》　恨《うら》み何《なん》ぞ禁《た》えん

仄起上平十一真

禅窟陽《ぜんくつよう》に向《む》かい　冬《ふゆ》自《おのずか》ら暖《あたた》かく
岩前《がんぜん》の松柏《しょうはく》　気《き》は春《はる》の如《ごと》し
良縁難値《りょうえんなんち》　空《むな》しく遇《あ》うこと莫《なか》れ
旨趣《ししゅ》は明々《めいめい》　物々《もつもつ》新《あら》たなり

277

開祖添菜香語　山有開祖坐禪石

氷雪日加風自寒
重重氈上設布團
忽顧開祖坐禪石
直得通身流白汗

仄起上平十四寒

氷雪《ひょうせつ》日《ひ》びに加《くわ》わり　風《かぜ》自《おのずか》ら寒《さむ》く
重々《ちょうちょう》たる氈上《せんじょう》に　布団《ふとん》を設《もう》く
忽《たちま》ち顧《かえり》みる開祖《かいそ》の　坐禅石《ざぜんせき》
直得《じきとく》す通身《つうしん》に　白汗《はっかん》の流《なが》るるを

278

出山相

失眼更無杖
西行却向東
何人知箇意
今古只清風

仄起上平一東

失眼《しつがん》し　更《さら》に杖《つえ》無《な》し
西《にし》に行《ゆ》くも　却《かえ》って東《ひがし》に向《む》かう
何人《なんびと》か　箇《こ》の意《い》を知《し》らん
今古《こんこ》　只《ただ》清風《せいふう》

作此偈后見碧岩録中盤山三界無法
頌評之鈔云洞山道擬將心意學玄宗
如行西却向東山僧偶然道得此句不
亦冥契乎

此の偈を作る后、碧岩録中の盤山三界無法の頌評之鈔に見《まみ》えて云く洞山が心意を擬し将って道う、玄宗が西に行かんとするに却って東に向かいしことに学ぶと、山僧も偶然此句を道い得たるやいなや、また冥契なるや

279　斷臂

隻履西歸後
更無斷臂人
要知求法志
放下汝心身

仄起上平十一真

隻履《せきり》にして　西《にし》に帰《かえ》りし後《のち》
更《さら》に断臂《だんぴ》の人《ひと》無《な》し
求法《ぐほう》の 志《こころざし》を知《し》らんと要《よう》せば
汝《なんじ》が心身《しんじん》を放下《ほうげ》すべし

280　無題　元是金城無關師之者也　仄起上平一東

俊鶻雙飛何太速
揚揚意氣搏清風
却來向去雖無跡
勿墮今時羅網中

俊鶻《しゅんこつ》双《なら》び飛《と》び　何《なん》と太《はなは》だ速《はや》し
揚々《ようよう》たる意気《いき》　清風《せいふう》に搏《はばた》く
却来向去《きゃらいこうきょ》し　跡無《あとな》しと雖《いえど》も
堕《だ》する勿《なか》れ今時《こんじ》　羅網《らもう》の中《うち》に

281　爲淨眼開基無外逸方大禪定門及紀州候歷代靈位　平起下平一先

金縢檀越後兼前
夢裏盛衰三百年
須達淨心無所極
種珠供玉有藍田

金縢《きんとう》の檀越《だんのつ》　後《あと》と前《まえ》と
夢裏《むり》の盛衰《せいすい》　三百年《さんびゃくねん》
須《すべか》らく達《たっ》すべし　浄心《じょうしん》もて極《きわ》まる所《ところ》無《な》きに
種珠供玉《しゅしゅくぎょく》　藍田《らんでん》に有《あ》り

282

辨碧岩録到無寒暑話偶値年内之立春有感

平起上平十灰

正偏論盡有由來
今日寧容斷舌才
焔裏寒氷君莫怪
雪中既見野梅開

正偏《しょうへん》　論《ろん》じ尽《つ》くし　由来《ゆらい》有《あ》り
今日《こんにち》ねんごろに容《ゆる》す　断舌《だんぜつ》の才《さい》
焔裏《えんり》の寒氷《かんぴょう》　君《きみ》怪《あや》しむこと莫《なか》れ
雪中《せっちゅう》既《すで》に見《み》る　野梅《やばい》の開《ひら》くを

283

年内立春

仄起下平六麻

青帝纔訪黒帝家
階前方見早梅花
遠山積雪雖如玉
淑氣靄然似碧沙

青帝《せいてい》　纔《わずか》に訪《たず》ぬ　黒帝《こくてい》の家《いえ》
階前《かいぜん》まさに見《み》る　早梅《そうばい》の花《はな》
遠山《えんざん》の積雪《せきせつ》　玉《たま》の如《ごと》しと雖《いえど》も
淑気《しゅくき》靄然《あいぜん》　碧沙《へきさ》に似《に》たり

284 拈鏡清雨滴聲話偶得大雨則深夜有感

仄起下平八庚

纔擧虛堂雨滴聲
寒庭底事滂沱成
夜深人靜興愈好
迷己難眠這鏡清

纔《わずか》に挙《あ》ぐ虚堂《こどう》　雨滴《うてき》の声《こえ》
寒庭《かんてい》底事《なにごと》か　滂沱《ぼうだ》と成《な》るとは
夜深《よふか》く人静《ひとしず》かに　興《きょう》いよいよ好《よ》し
己《おのれ》に迷《まよ》い眠《ねむ》り難《がた》し　この鏡清《きょうせい》

285 六十一歳歳旦

仄起下平八庚

老僧今年六十一
酬恩事業滴無成
祥雲淑氣春風裏
擧首空見白米城

老僧今年《ろうそうこんねん》　六十一《ろくじゅういち》
酬恩《しゅうおん》の事業《じぎょう》　滴《てき》も成《な》る無《な》し
祥雲淑気《しょううんしゅくき》　春風《しゅんぷう》の裏《うち》
首《こうべ》を挙《あ》げて空《むな》しく見《み》る　白米城《はくべいじょう》

286　**武州赤塚松月院**（図二十四）

我宗元是別無傳
自有威音那畔禪
松月堂中開法戰
吹毛直用接人天

平起下平一先

我《わ》が宗《しゅう》元《もと》是《こ》れ　別《べつ》に伝《つた》うること無《な》きも
自《おのずか》ら威音那畔《いおんなはん》の禅《ぜん》あり
松月堂中《しょうげつどうちゅう》　法戦《ほっせん》を開《ひら》けば
吹毛直用《すいもうじきゆう》して　人天《にんでん》に接《せっ》す

287　**大般若滿散**

九旬轉得大般若
外道天魔乞命來
因有豐年祥瑞色
米城春雪白皚皚

平起上平十灰

九旬《くじゅん》　転《てん》じ得《え》たり　大般若《だいはんにゃ》
外道天魔《げどうてんま》　命《めい》を乞《こ》いに来《きた》る
因《ちな》みに豊年《ほうねん》　祥瑞《しょうずい》の色《いろ》有《あ》り
米城《べいじょう》の春雪《しゅんせつ》　白皚々《はくがいがい》

288
爲受業穩老香語

逃逝窮兒久背恩
自憐回國亦回村
伶俜五十餘年後
歸至無端倚此門

289
無題

雖看殘雪白
春雨數催花
一有深深法
要聞黄鳥歌

仄起上平十三元

逃逝《とうせい》の窮児《きゅうじ》　久《ひさし》く恩《おん》に背《そむ》き
自《みずか》ら憐《あわれ》む国《くに》を回《めぐ》り　亦村《またむら》を回《めぐ》るを
伶俜《れいへい》　五十余年《ごじゅうよねん》の後《のち》
帰《かえ》り至《いた》つてはしなくも　此門《このもん》に倚《よ》る

平起下平六麻五歌

残雪《ざんせつ》の白《しろ》きを看《み》ると雖《いえど》も
春《しゅん》雨《う》　しばしば花《はな》を催《もよお》す
一《いつ》に深々《しんしん》の法《ほう》有《あ》り
聞《き》かんと要《よう》す　黄鳥《こうちょう》の歌《うた》を

290 無題

春浅風未暖
白雪似天花
甘露更無惜
一任諸鬼奢

291 自恣日呈堂頭天公和尚

鶏宿鳳巣自有縁
九旬賜與衆安禪
才拙一毫無瑕徳
臨行慚是瀆林泉

平起下平六麻

春浅《はるあさ》く　風未《かぜいま》だ暖《あたた》かならず
白雪《はくせつ》は　天花《てんげ》に似《に》たり
甘露《かんろ》　更《さら》に惜《おし》むなし
一任《いちにん》す　諸鬼《しょき》の奢《おご》るに

仄起下平一先　拋体形

鶏宿鳳巣《けいしゅくほうそう》　自《おのずか》ら縁有《えんあ》り
九旬衆《くじゅんしゅ》とともに安禅《あんぜん》を賜《たま》う
才拙《さいせつ》にして一毫《いちごう》も　瑕徳《かとく》無《な》し
行《い》くに臨《のぞ》み是《こ》の林泉《りんせん》を瀆《けが》すを慚《は》ず

292 涅槃忌逮夜

此夕是何夕
頻催我苦悲
苦悲言語絶
三界没人知

293 午時

峯巒春雨後
自有百花開
唯見涅槃相
誰知靈骨堆

仄起上平四支

此《こ》の夕《せき》　是《こ》れ何《なん》の夕《せき》
頻《しき》りに催《もよお》す　我《わ》が苦悲《くひ》
苦悲《くひ》　言語《ごんご》を絶《ぜっ》す
三界《さんがい》に　人《ひと》の知《し》る没《な》し

平起上平十灰

峰巒《ほうらん》　春雨《しゅんう》の後《のち》
自《おのずか》ら百花《ひゃくか》の開《ひら》く有《あ》り
唯《ただ》見《み》る　涅槃《ねはん》の相《そう》
誰《たれ》か知《し》らん　霊骨《れいこつ》の堆《うずたか》きを

294

無題

水木費來一夢中
七年住此實無功
餘情已屬別人手
今日只知鳥出籠

295

長照寺大施食

飯盛山上雲蒸飯
足助河中水結氷
此是汝等避暑處
安心何必在西方

仄起上平一東

水木《すいぼく》費《つい》やし来《きた》る　一夢《いちむ》の中《うち》
七年《しちねん》此《ここ》に住《じゅう》し　実《じつ》に功《こう》無《な》し
余情《よじょう》已《すで》に別人《べつじん》の手《て》に属《ぞく》す
今日《こんにち》只《ただ》知《し》る　鳥《とり》　籠《かご》を出《い》づるを

平起下平十蒸七陽

飯盛山上《はんせいさんじょう》　雲《くも》は飯《はん》を蒸《む》し
足助河中《あすけかちゅう》　水《みず》は氷《ひょう》を結《むす》ぶ
此《こ》れは是《こ》れ汝等《なんじら》　避暑《ひしょ》の処《ところ》
安心何《あんじんなん》ぞ必《かなら》ずしも　西方《さいほう》に在《あ》らんや

296
慶安寺大施食

天高雖不雨
山近在涼風
只是恁麼會
勿空羨月宮

297
岩崎大施食

一天無滴雨
恰苦坐爐中
要識轉身處
怒雷迸碧空

平起上平一東

天高《てんたか》く　雨《あめ》あらずと雖《いえど》も
山近《やまちか》く　涼風《りょうふう》在《あ》り
只是《ただこ》れ　恁麼《いんも》の会《え》
空《むな》しく月宮《げっきゅう》を羨《うらや》むこと勿《なか》れ

平起上平一東

一天《いってん》　滴雨《てきう》無《な》し
恰《あたか》も炉中《ろちゅう》に坐《ざ》して苦《くる》しむがごとし
識《し》らんと要《よう》す　転身《てんしん》の処《ところ》
怒雷《どらい》　碧空《へきくう》を迸《はし》る

298 板倉施食

赤帝振餘烈
土山金石流
聊以甘露水
一洗火中愁

299 普光寺施食

炎氣避無處
山川猶欲燃
不忘炊骨苦
忍暑祝豐年

仄起下平十一尤

赤帝《せきてい》 余烈《よれつ》を振《ふる》い
土山《どざん》 金石《きんせき》を流《なが》す
聊《いささ》か甘露水《かんろすい》を以《もっ》て
一洗《いっせん》す 火中《かちゅう》の愁《うれ》いを

仄起下平一先

炎気《えんき》 避《さ》くる処《ところ》無《な》し
山川《さんせん》 猶《なお》燃《も》えんと欲《ほっ》す
炊骨《すいこつ》の苦《く》を忘《わす》れず
暑《しょ》を忍《しの》んで 豊年《ほうねん》を祝《いわ》う

300 長照寺施食

旱魃作祟時
雲蜺亦不見
唯須性水清
煩熱爲君洗

301 施食　施主板倉爲八靈

八靈是一性
三世十方空
　咄々
涼然脩竹風

五古仄韻銑

旱魃《かんばつ》　祟《しゅう》する時《とき》
雲蜺《うんげい》　また見《み》えず
唯《ただ》　性水《しょうすい》の清《せい》なるを須《もち》いて
煩熱《はんねつ》を　君《きみ》の為《ため》に洗《あら》わん

平起上平一東

八霊《はちれい》　是《こ》れ一性《いっしょう》
三世《さんぜ》　十方空《じっぽうくう》なり
咄々《とつとつ》
涼然《りょうねん》たり　脩竹《しゅうちく》の風《かぜ》

302

施食

暑雲雖未散
一葉已知秋
　滴水
普灌四大州
平起下平十一尤

暑雲《しょううん》　未《いま》だ散《さん》ぜずと雖《いえど》も
一葉《いちよう》　已《すで》に秋《あき》を知《し》る
滴水《てきすい》(洒水《しゃすい》して)
普《あまね》く灌《そそ》ぐ四大《しだい》の州《しゅう》に
303

十五日大施食

三千世界大盆開
萬象森羅盛持來
昨夜有人摶喫却
須彌南畔笑堆堆
平起上平十灰

三千世界《さんぜんせかい》　大盆開《だいぼんひら》き
万象森羅《まんぞうしんら》　盛《さか》んに持《も》ち来《きた》れ
昨夜人有《さくやひとあ》り　摶《もっぱ》(専)ら喫却《きっきゃく》す
須弥南畔《しゅみなんはん》　笑《わら》い堆々《たいたい》

304

倚東溟禪師

北海鯤魚作大鵬
扶搖高搏陟南溟
鷹鳩依舊楡枋下
決起翺翔疲小翎

305

普光寺觀音堂新造入佛

三十二應徳不空
光明赫耀照新堂
圓窓開處如秋月
觀自在門從是通

仄起下平九青

北海《ほっかい》の鯤魚《こんぎょ》　大鵬《たいほう》となり
扶揺《ふよう》に高《たか》く搏《はばた》き　南海《なんかい》に陟《わた》る
鷹鳩《ようきゅう》　旧《きゅう》に依《よ》り　楡枋《ゆぼう》の下《もと》
決起《けっき》　翺翔《こうしょう》し　小翎《しょうれい》　疲《つか》る

（注）扶揺――つむじ風のこと。

仄起上平一東

三十二応《さんじゅうにおう》　徳《とく》　不空《ふくう》
光明《こうみょう》　赫《あか》く耀《かがや》き　新堂《しんどう》を照《て》らす
円窓《えんそう》開《ひら》く処《ところ》　秋月《しゅうげつ》の如《ごと》し
観自在門《かんじざいもん》　是《こ》れ従《よ》り通《つう》ず

306

乙川観音

清水遙流至乙川
海藏深處妙容全
非是月亦非是日
不斷靈光永劫圓

仄起下平一先

清水《せいすい》遥《はる》かに流《なが》れ　乙川《おとがわ》に至《いた》る
海蔵《かいぞう》深《ふか》き処《ところ》　妙容《みょうよう》は全《まった》し
是《こ》れ月《つき》に非《あら》ず　亦《また》是《こ》れ日《ひ》に非《あら》ず
不断《ふだん》の霊光《れいこう》　永劫《ようごう》に円《まど》かなり

307

高祖忌逮夜

元是無知道
何曾毫會禪
唯依空手力
萬古動人天

仄起下平一先

元《もと》是《こ》れ　道《どう》を知《し》るなし
何《なん》ぞ曽《かつ》て　毫《ごう》も禅《ぜん》を会《え》するや
唯空手《ただくうしゅ》の力《ちから》に依《よ》りて
万古《ばんこ》に　人天《にんでん》を動《うご》かす

308 同午時（図三）

天童慈恩欲相酬
遙慕深山入越州
妙密家風最可貴
傘松千歳思悠悠

309 天桂禪師百回忌

西河獅子海東龍
額有圓珠七尺容
寂定百年猶肉暖
諸方休道滅眞宗

平起下平十一尤

天童《てんどう》の慈恩《じおん》　相酬《あいむく》いんと欲《ほっ》し
遥《はるか》に深山《しんざん》を慕《した》い　越州《えっしゅう》に入《い》る
妙密《みょうみつ》の家風《かふう》　最《もっと》も貴《たっと》ぶべし
傘松千歳《さんしょうせんざい》　思《おも》い悠々《ゆうゆう》たり

平起上平二冬

西河《せいか》の獅子《しし》　海東《かいとう》の竜《りゅう》
額《ひたい》に円珠《えんじゅ》有《あ》る　七尺《しちしゃく》の容《すがた》
寂定百年《じゃくじょうひゃくねん》　なお肉暖《にくあたた》かし
諸方《しょほう》道《い》うを休《や》めよ　真宗《しんしゅう》を滅《めっ》すと

310
賀妙昌寺進山（図二十三）

處處叢林落葉秋
妙昌特見五雲浮
因緣時節無人怪
龍住鳳巣有法由

311
爲陶州居士

蓬瀛州裏一仙人
五十六年混世塵
携酒乘雲何處去
秋天風暖氣如春

仄起上平十一尤

処々《しょしょ》の叢林《そうりん》　落葉《らくよう》の秋《あき》
妙昌《みょうしょう》特《とく》に見《み》る　五雲《ごうん》の浮《うか》ぶを
因縁時節《いんねんじせつ》　人《ひと》の怪《あや》しむ無《な》し
竜住鳳巣《りゅうじゅうほうそう》　法由《ほうゆう》有《あ》り

平起上平十一真

蓬瀛州裏《ほうえいしゅうり》の　一仙人《いちせんにん》
五十六年《ごじゅうろくねん》　世塵《せじん》に混《こん》ず
酒《さけ》を携《たずさ》え雲《くも》に乗《の》り　何《いず》れの処《ところ》へか去《さ》る
秋天《しゅうてん》風《かぜ》暖《あたた》かく　気《き》　春《はる》の如《ごと》し

312

達祖忌

達磨渡江到岸　童子云請師賃銭
磨云不識　子云如此重擔爲甚麼不
識　磨云本來無一物子道賊々大啼
　諸人者還會麼　若能於是無疑
則隻履西歸亦瓦解氷消矣

自畫自賛芦葉附童子

達磨は江を渡り岸に到る、童子云く師に賃銭を請う、磨云く不識　子云く此の如く重担をなんの為に不識と、磨云く本来無一物、子道う賊々大啼と、諸人者還た会するや、若し能く是に於て疑い無くんば、則ち隻履にして西に帰り亦瓦解氷消するや

313

逮夜

一葦渡水遁梁國
隻履留山辭魏城
此土西天無識者
來來去去可憐生

平起下平八庚

一葦《いちい》渡水《とすい》し　梁国《りょうこく》を遁《のが》れ
隻履山《せきりやま》に留《とど》め　魏城《ぎじょう》を辞《じ》す
此土西天《しどさいてん》　識者無《しきしゃな》し
来々去々《らいらいきょきょ》　可憐生《かれんせい》

314
同午時

祖師無眼何須去
師祖有鬚非不來
法本空兮禪亦寂
年年秋菊爲誰開
咦
碧玉盤中玉宛轉
瑠璃殿上月徘徊

315
爲繁譽良昌禪定門

繁花安世務
名譽在賢良

平起上平十灰

祖師《そし》　無眼《むげん》　何《なん》の去《さ》るを須《もち》いんや
師祖《しそ》　鬚《しゅ》あり　来《きた》らざるに非《あら》ず
法《ほう》もと空《くう》　禅《ぜん》また寂《じゃく》
年々秋菊《ねんねんしゅうぎく》　誰《たれ》の為《ため》にか開《ひら》かん
咦《い》
碧玉盤中《へきぎょくばんちゅう》　玉宛転《ぎょくえんてん》
瑠璃殿上《るりでんじょう》　月徘徊《つきはいかい》す

平起下平七陽

繁花《はんか》　世務《せむ》を安《やす》んじ
名誉《めいよ》　賢良《けんりょう》に在《あ》り

却擲算盤去
孫孫代代昌

316 爲霜花童子

秋色猶殘幽谷中
一枝楓葉帶霜紅
忽然稠落去無跡
恨在黄昏鐘裏風

317 和鼎山和尚來訪韻（図十五）

相酬無一物
爲畫三隱圖
非借君眸子

却《かえ》って算盤《そろばん》をなげうち去《さ》るも
孫々《そんそん》　代々《だいだい》昌《さかん》なり

仄起上平一東

秋色《しゅうしょく》猶《なお》残《のこ》す　幽谷《ゆうこく》の中《うち》
一枝《いっし》の楓葉《ふうよう》　霜《しも》を帯《お》びて紅《くれない》なり
忽然《こつねん》として稠落《ちょうらく》し　去《さ》つて跡《あと》無《な》し
恨《うら》むらくは黄昏《こうこん》　鐘裏《しょうり》の風《かぜ》在《あ》るを

平起上平七虞

相《あ》い酬《むく》ゆるに　一物《いちもつ》も無《な》く
三隠《さんいん》の図《ず》を画《えが》かんと為《す》
君《きみ》の眸子《ぼうし》を借《か》るに非《あら》ず

有誰能笑吾

誰《たれ》か有《あ》り　能《よ》く吾《われ》を笑《わら》う

318　芭蕉翁自畫贊

雲霞面目
風月心肝
妙句傳天下
葦痕長不乾

平起上平十四寒

雲霞《うんか》の面目《めんもく》
風月《ふうげつ》の心肝《しんかん》
妙句《みょうく》　天下《てんか》に伝《つた》え
葦痕《いこん》　長《なが》く乾《かわ》かず

319　中冬自月珠歸途中作

短日荒村路
停杖欲暮天
寒風吹老樹
雪白遠山巓

『烏鵲楼高閑録』

仄起下平一先

短日《たんじつ》　荒村《こうそん》の路《みち》
杖《じょう》を停《とど》むれば　天暮《てんく》れんと欲《ほっ》す
寒風《かんぷう》　老樹《ろうじゅ》に吹《ふ》き
雪《ゆき》は白《しろ》し　遠山《えんざん》の巓《いただき》

320　無題

書堂夏日猶思遲
畫室況逢短景時
白雪覆頭何足苦
一陽來復好開眉

321　甲午臘八

曠大劫來生死夢
今朝驚破對星光
可憐去日顏如玉
却嗟歸時鬢似霜

平起上平四支

書堂《しょどう》の夏日《かじつ》　猶思《なおおも》うこと遅《おそ》く
画室《がしつ》況《いわ》んや短景《たんけい》に逢《あ》うの時《とき》
白雪《はくせつ》頭《あたま》を覆《おお》うて　何《なん》の苦《くる》しむに足《た》らん
一陽来復《いちようらいふく》　眉《び》を開《ひら》くに好《よ》し

仄起下平七陽

曠大劫来《こうだいこうらい》す　生死《しょうじ》の夢《ゆめ》
今朝《こんちょう》　驚《きょう》破《は》し　星光《せいこう》に対《たい》す
憐《あわれ》むべし去日《きょじつ》　顔《かお》は玉《たま》の如《ごと》くも
却《かえ》って嗟《なげ》く帰時《きじ》　鬢《びん》　霜《しも》に似《に》たるを

322
臘八接心中赴千鳥之法用而歸焉

三十里程千鳥路
携笻曳履作經行
動中自有靜中趣
歸到斜陽照飯盛

仄起下平八庚

三十里程《さんじゅうりてい》　千鳥《せんちょう》の路《みち》
笻《つえ》を携《たずさ》え履《くつ》を曳《ひ》き　経行《きんひん》す
動中《どうちゅう》　自《おのずか》ら静中《せいちゅう》の趣《おもむき》 有《あ》り
帰《かえ》り到《いた》れば斜陽《しゃよう》　飯盛《はんせい》を照《て》らす

323
出山相賛

金毛九尾野狐精
得得出山巧含情
此土西天人盡惑
不妨傾國亦傾城

平起下平八庚

金毛九尾《きんもうくび》の　野狐精《やこせい》
得々《とくとく》として出山《しゅっさん》し　巧《たく》みに情《じょう》を含《ふく》む
此土西天《しどさいてん》　人《ひと》ことごとく惑《まど》うも
傾国《けいこく》亦《また》傾城《けいじょう》も妨《さまた》げず

324 斷臂

嗚呼求法絶比隣
古往今來唯一人
謾道當時能斷臂
誰知此夕擲心身
平起上平十一真

嗚呼《ああ》 法《ほう》を求《もと》め 比隣《ひりん》を絶《ぜっ》す
古往今来《こおうこんらい》 唯一人《ただいちにん》
謾《まん》に道《い》う時《とき》に当《あ》たって 能《よ》く断臂《だんぴ》すと
誰《だれ》か知《し》らんこの夕《せき》 心身《しんじん》を擲《なげう》つを
325 寄宮川氏在駿府

矍鑠此翁爲出群
駿城今欲見功勳
公私無事幽閑日
碁局何人復敵君
仄起上平十二文

矍鑠《かくしゃく》たるこの翁《おう》 為《ため》に群《ぐん》を出《い》づ
駿城《しゅんじょう》にて今功勲《いまこうくん》を見《み》んと欲《ほっ》す
公私無事《こうしぶじ》 幽閑《ゆうかん》の日《ひ》
碁局《ききょく》 何人《なんびと》か また君《きみ》と敵《てき》せんや

326

大檀越本多忠興君今秋以台命爲駿城之加番帥又偶得値先考洞雲院殿五十年遠忌檀君於是乎不能無所感焉乃繼先考之志而公務之暇印普門品若干巻將施之有信者以充其追福此蓋欲忠孝兩全而武運愈長久也不亦善乎且命貧道以記其由貧道心雖灰矣敢不堪隨喜之情因打一偈以塞嚴責云爾

大檀越本多忠興君、今秋台命を以て駿城の加番の帥となり、又偶々先考洞雲院殿五十年遠忌に値うを得たり、檀君是に於いて、所感無きことあたわず、乃て先考之志を継ぎ、而して公務之暇に普門品若干巻印し、将って之を有信者に施し、以て其の追福に此れを充つ、蓋し忠孝両つながら全たからんとす、而して武運いよいよ長久也や不やまた善や、且つ貧道(風外)に命じて以て其の由を記す、貧道の心は灰なりと雖も、敢えて随喜の情に堪えず、因て一偈を打し、以て厳責を塞めて云うのみ

檀君此日入眞觀
救世金文印若干
休道一身三十二
無邊妙相與人看

327 大鷲院高祖圖絵開眼

妙密家風六百年
不隠不顯自嚴然
煙花三月春林外
淡墨畫成山影連

平起上平十四寒

檀君《だんくん》この日《ひ》　真観《しんかん》に入《い》る
救世《ぐせ》の金文《こんもん》　若干印《じゃっかんいん》す
道《い》うを休《や》めよ一身《いっしん》　三十二《さんじゅうに》と
無辺《むへん》の妙相《みょうそう》　人《ひと》と与《とも》に看《み》ん

仄起下平一先

妙密《みょうみつ》なる家風《かふう》　六百年《ろっぴゃくねん》
不隠不顕《ふいんふけん》　自《おのずか》ら厳然《ごんねん》
煙花《えんか》　三月《さんげつ》　春林《しゅんりん》の外《ほか》
淡墨《たんぼく》の画《が》は　山影《さんよう》と成《な》りて連《つらな》る

328　宗源寺準胝観音開眼

雖借佛工微妙才
現身全自十方來
看看菩薩圓通眼
忽在梅洞山上開

仄起上平十灰

仏工《ぶっこう》の微妙《みみょう》の才《さい》を借《か》ると雖《いえど》も
身《み》を現《げん》じ全《すべ》て　十方《じっぽう》より来《きた》る
看《み》よ看《み》よ菩薩《ぼさつ》　円通《えんづう》の眼《まなこ》を
忽《たちま》ちにして梅洞山上《ばいとうさんじょう》に開《ひら》く在《あ》り

329　大施食

幽谷春闌人弄霞
深林風暖鳥遊花
涅槃生死倶忘却
須喫趙州屋裏茶

仄起下平六麻

幽谷《ゆうこく》の春《はる》闌《たけなわ》にして　人《ひと》は霞《かすみ》を弄《ろう》し
深林《しんりん》の風《かぜ》暖《あたた》かくして　鳥《とり》は花《はな》と遊《あそ》ぶ
涅槃生死《ねはんしょうじ》　倶《とも》に忘却《ぼうきゃく》し
須《すべか》らく喫《きっ》せよ趙州《じょうしゅう》　屋裏《おくり》の茶

330　敬送俊龍具壽扶其師而赴于奥州

猛虎嘯時風颯颯
俊龍躍處雲揚揚
祖天旱魃苗稿久
須起法雷法雨聲

仄起下平七陽八庚

猛虎《もうこ》嘯《うそぶ》く時《とき》　風颯々《かぜさつさつ》
俊竜《しゅんりゅう》躍《おど》る処《ところ》　雲揚々《くもようよう》
祖天旱魃《そてんかんばつ》にして　苗稿久《びょうこうひさ》し
須《すべか》らく起《おこ》せ法雷《ほうらい》　法雨《ほうう》の声《こえ》を

331　賀廣濟成寅禪師視篆之盛榮

極樂山中瑞氣新
無量壽佛出頭辰
菜花三月前園色
滿地黄金布不貧

仄起上平十一真

極楽山中《ごくらくさんちゅう》　瑞気新《ずいきあら》たなり
無量寿仏《むりょうじゅぶつ》　頭《とう》を出《い》づるの辰《とき》
菜花三月《さいかさんげつ》　前園《ぜんえん》の色《いろ》
満地《まんち》の黄金《おうごん》　布《し》いて貧（貪）ならず

332　爲某居士（図十六）

蔽芾甘棠
民不忘徳
仁義存心
其人如玉

四言古詩　仄声沃の韻

蔽芾《へいひ》　甘棠《かんとう》
民《たみ》は　徳《とく》を忘《わす》れず
仁義《じんぎ》　心《こころ》に存《そん》す
其《そ》の人《ひと》　玉《たま》の如《ごと》し

（注）蔽芾甘棠――詩経の故事。

333　冬至示衆

陰未極兮陽已復
一雙何用假翻覆
飢寒相逼莫強憂
此道業中自有福

仄起入字屋韻

陰未《いんいま》だ極《きわ》まらず　陽已《ようすで》に復《ふく》す
一双何《いっそうなん》ぞ　翻覆《ほんぷく》を仮《か》るを用《もち》いん
飢寒《きかん》相《あ》い逼《せま》るも　強《し》いて憂《うれ》うること莫《なか》れ
此《こ》の道業《どうごう》の中《うち》　自《おのずか》ら福《ふく》有《あ》り

334　永昌到着小參

遠引病身千里餘
只管打坐在籃輿
工夫熟處君看否
不借雲車凌大虚

335　戒會啓建

金剛寶戒是非外
纔涉持犯裘法身
五月金風催木葉
三冬焔熱似青春

仄起上平六魚

遠《とお》く病身《びょうしん》を引《ひ》く　千里《せんり》の余《よ》
只管打坐《しかんたざ》　籃輿《らんよ》に在《あ》り
工夫《くふう》熟《じゅく》する処《ところ》　君《きみ》看《み》るや否《いな》や
雲車《うんしゃ》を借《か》らず　大虚《たいきょ》を凌《りょう》ず

平起上平十一真

金剛《こんごう》の宝戒《ほうかい》　是非《ぜひ》の外《ほか》
纔《わずか》に持犯《じぼん》に渉《わた》り　法身《ほっしん》を求《もと》む
五月《ごげつ》の金風《きんぷう》　木葉《もくよう》を催《もよお》し
三冬《さんとう》の焔熱《えんねつ》　青春《せいしゅん》に似《に》たり

336
解制小參

離歌一曲自慇懃
散會東西似雁分
無限秋風無限恨
人人脚下復生雲

337
大龍山洞光寺到着小參

纔越佛徑登大龍
雨餘秋色似花濃
此間留杖別無意
雪景更要見祖宗

平起上平十二文

離歌《りか》の一曲《いっきょく》　自《おのずか》ら慇懃《おんごん》
東西《とうざい》に散会《さんかい》す　雁《かり》の分《わ》かれに似《に》たり
無限《むげん》の秋風《しゅうふう》　無限《むげん》の恨《うら》み
人々脚下《にんにんきゃっか》に　また雲《くも》を生《しょう》ず

仄起上平二冬

纔《わずか》に仏《ほとけ》の径《みち》を越《こ》え　大竜《だいりゅう》に登《のぼ》る
雨余《うよ》の秋色《しゅうしょく》　花《はな》に似《に》て濃《こま》やかなり
此間《しかん》　杖《つえ》を留《とど》むるも　別《べつ》に意《い》なし
雪景《せっけい》　更《さら》に祖宗《そしゅう》に見《まみ》えんと要《よう》す

338 先師忌

纔開一軸欲看眞
眞相依然現半身
頻憶舊債缼轉路
我儕恥是報恩人

339 除夜小參

人人盡謂今夜是歳除還年窮歳盡否只恐歳未盡年未窮徒數舊暦日放不下山僧亦未能出其裏唯打一偈以屎臭氣逼人若有掩鼻底則也太奇

平起上平十一真

纔《わずか》に開《ひら》く一軸《いちじく》　真《まこと》を看《み》んと欲《ほっ》す
真相依然《しんそういねん》　半身《はんしん》を現《あらわ》す
頻《しき》りに憶《おも》う旧儕《きゅうさい》(債《さい》)　転路《てんろ》に欠《か》くるを
我儕《わがともがら》は恥《は》づ是《こ》れ　恩《おん》に報《むく》いる人《ひと》に

仄起下平八庚

人々ことごとく謂う、今夜是の歳除、還た年窮まり、歳尽くるや否と、只だ恐る歳未だ尽きず、年未だ窮まらず、徒らに数う旧暦日を放つや不やと、下山の僧、亦未だ其の裏を出るに能わず、唯一偈を打す、以て屎臭の気人に逼る、若し鼻底を掩う有ら

臘月忽逢三十日
變通一路作麼生
誹謗佛祖欺清衆
眼上眉毛有幾莖

340 解制小參

簸水岸頭歌白雪
龍山峯頂奏陽春
明朝分手歸何處
或向瀟湘或向秦

ば、則ち也太奇《やたいき》なり

臘月《ろうげつ》忽《たちま》ち逢《あ》う　三十日《にち》
変通《へんづう》の一路《いちろ》　作麼生《そもさん》
仏祖《ぶっそ》を誹謗《ひぼう》し　清衆《せいしゅ》を欺《あざむ》く
眼上《がんじょう》の眉毛《びもう》　幾茎《いくけい》か有《あ》らん

仄起上平十一真

簸水《はすい》の岸頭《がんとう》　白雪《はくせつ》を歌《うた》い
竜山《りゅうざん》の峰頂《ほうちょう》　陽春《ようしゅん》を奏《そう》す
明朝《みょうちょう》手《て》を分《わ》かち　何《いず》れの処《ところ》にか帰《かえ》らん
或《あるい》は瀟湘《しょうしょう》に向《む》かい　或《あるい》は秦《しん》に向《む》かう

341　仁多郡三所村月石山日光寺到着小參堂頭吾寶和尚　仄起下平七陽

春雨蕭條山路長
煙霞爲霧變風光
忽逢禪友喜無極
始覺落花流水香

春雨《しゅんう》蕭条《しょうじょう》として　山路《さんろ》長《なが》し
煙霞《えんか》霧《きり》となり　風光変《ふうこうへん》ず
忽《たちま》ち禅友《ぜんゆう》と逢《あ》い　喜《よろこ》び極《きわ》まり無《な》し
始《はじ》めて覚《おぼ》ゆ落花《らっか》　流水《りゅうすい》の香《かんば》しきを

342　解制小參

仄起下平五歌

三所清涼三伏外
九旬堪怪在星河
今辞月石歸何處
欲見人間秋熟多

三所《さんしょ》　清涼《せいりょう》たり　三伏《さんぷく》の外《ほか》
九旬《くじゅん》怪《あや》しむに堪《た》ゆ　星河《せいが》の在《あ》るを
いま月石《がっせき》を辞《じ》し　何《いず》れの処《ところ》へか帰《かえ》る
見《み》んと欲《ほっ》す人間《じんかん》　秋熟《しゅうじゅく》の多《おお》きを

343 浄眼寺到着小參

幾年流落可憐生
白髪爽顔還古郷
慚是溪邊老婆子
不妨呼我舊時名

平起下平八庚

幾年《いくねん》の流落《りゅうらく》　可憐生《かれんせい》
白髪爽顔《はくはつそうがん》　古郷《こきょう》に還《かえ》る
慚《は》ず是《こ》れ渓辺《けいへん》の　老婆子《ろうばす》
我《わ》が旧時《きゅうじ》の名《な》を呼《よ》ぶを妨《さまた》げず

344

浄眼開山活通佛性禪師曾有偈曰
邯鄲旅客栄花枕
江口美人歌舞舟
此是家傳眞祕曲
夢中轉轉也風流

浄眼開山活通仏性禅師曽つて偈あり曰く
邯鄲《かんたん》の旅客《りょかく》　栄花《えいが》の枕《ちん》
江口《こうこう》の美人《びじん》　歌舞《かぶ》の舟《ふね》
此《こ》れは是《こ》れ家伝《かでん》の真秘曲《しんひきょく》
夢中転々《むちゅうてんてん》　也《ま》た風流《ふうりゅう》と

敬賡尊韵以餞諸戒弟要聞直下聞
記得較什麼乾屎厥

十方三世圓通水
諸佛衆生同合舟
南北東西觀自在
浮沈隨處亦風流

345 除夜示衆

人々盡道年窮歳盡若實恁麼也太奇
唯恐歳未盡年未窮纔有其所不窮不
盡則必也打入黒山鬼窟裡去永劫不

敬い尊韵をつぎ以て諸戒弟に餞し直下の聞を聞かん
と要す記得す什麼の乾屎厥と較ぶるや

平起下平十一尤

十方三世《じっぽうさんぜ》　円通《えんづう》の水《みず》
諸仏衆生《しょぶつしゅじょう》　同《とも》に舟《ふね》に合《あ》う
南北東西《なんぼくとうざい》　観自在《かんじざい》
随処《ずいしょ》に浮沈《ふちん》するも　亦風流《またふうりゅう》

人々尽く道う、年窮まり、歳尽くると、実に恁麼の
若し、也太奇なり　唯恐る歳未だ尽きず、年未だ窮
まらず、纔に其の所、不窮不尽なるを則ち必ず也

能逢清朝之春也諸人者作麼生年窮
歳盡去且聽我偈

纔養殘生恥軀若
寧效世上惜年花
即今初愛前峯雪
相似老僧白髪多

又　起承ノ二句　左記トモナス也

元是山中無暦日
何須屈指送年花

た、打入し去る黒山の鬼窟裡、永劫逢うこと能わず、清朝之春、也た諸人は作麼生や年窮まり歳尽き去ると、且く我偈を聴け

纔《わずか》に残生《ざんしょう》を養《やしな》い　躯《み》の若《わか》きを恥《は》ず
寧《むし》ろ世上《せじょう》に効《なら》い　年花《ねんか》を惜《お》しむ
即今初《そっこんはじ》めて愛《あい》す　前峰《ぜんぽう》の雪《ゆき》
相《あ》い似《に》たり　老僧《ろうそう》の　白髪多《はくはつおお》きに

元是《もとこ》れ山中《さんちゅう》　暦日《れきじつ》　無《な》し
何《なん》ぞ屈指《くっし》を須《もち》いん　年花《ねんか》を送《おく》るに

346
歳日示衆

天得一以高地得一以厚人得一以無天下不治也衲僧門下若能得一則千仏万祖尽皆有向汝脚跟下出気直得木人正歌石女立舞雖然如此若其留一以爲其一則忽然落在第二頭了何堪稱佛祖之兒孫且道作麼生這得一而得不落第二頭拂一拂自代云山僧今年五十七

天は一を得て以て高、地は一を得て以て厚、人は一を得て以て天下を治めざる無しや、衲僧門下若し能く一を得て則ち千仏万祖に尽きる、皆な汝が脚跟下に向かう有り、出気し直得せよ、木人正に歌い石女立ちて舞う、然も此の如きと雖も、若し其の一を留め以て其の一と為すと、則ち忽然として第二頭に落在し了る、何ぞ仏祖之児孫と称するに堪えん、且く道え作麼生か、這の一を得て而して第二頭に落ちざらんを得ん、一払を払い自ら代って云う、山僧今年五十七と

347　避邪偈　畫犬贊

諸方名利閑智識
未辨佛魔眞可嘆
還愛哮哮猘犬子
百千妖怪不能瞞

平起上平十四寒

諸方《しょほう》の名利《みょうり》　閑智識《かんちしき》
未《いま》だ仏魔《ぶつま》を弁《べん》ぜず　真《しん》に嘆《たん》ずべし
還《かえ》って愛《あい》す哮々《こうこう》　猘犬子《りょうけんす》
百千《ひゃくせん》の妖怪《ようかい》も　瞞《だま》すこと能《あた》わず

348　誕生佛畫贊（図八）

踏破摩耶黒漆桶
人間天上逞英雄
試以悪水驀頭潑
玉體愈明初日紅

仄起上平一東

踏破《とうは》す摩耶《まや》　黒漆《こくしつ》の桶《おけ》
人間天上《にんげんてんじょう》　英雄《えいゆう》　逞《たくま》し
試《こころ》みに悪水《あくすい》を以《もっ》て　驀頭《まくとう》に潑《そそ》げば
玉體《ぎょくたい》　愈《いよいよ》明《あき》らかなり　初日《しょじつ》の紅《くれない》に

349 誕生佛

虚空崩裂所
大地忽降生
欲潑温涼水
怒雷起一聲

平起下平八庚

虚空《こくう》 崩裂《ほうれつ》する処《ところ》
大地《だいち》に 忽《たちま》ち降生《ごうしょう》す
潑《そそ》がんと欲《ほっ》す 温涼《おんりょう》の水《みず》
怒雷《どらい》 一声《いっせい》起《お》こる

350 癸酉秋好幽題雲州坂田勝氏之客席

客路秋風早
況既値重陽
登高淡墨裏
日暮空望郷

仄起下平七陽

客路《かくろ》 秋風早《しゅうふうはや》し
況《いわん》や既《すで》に 重陽《ちょうよう》に値《お》う
登高《とうこう》す 淡墨《たんぼく》の裏《うち》
日暮《ひぐれ》 空《むな》しく郷《きょう》を望《のぞ》む

351 文殊菩薩賛　奉佛弟子純惠拜寫畫

平起下平四豪

野狐精漢
乍跨金毛
要識手中如意子
活人劍也殺人刀

野狐精漢《やこせいかん》たり
乍《たちま》ち金毛《きんもう》を跨《また》ぐ
識《し》らんと要《よう》す　手中《しゅちゅう》の如意子《にょいす》
活人《かつじん》の剣《けん》や　殺人《さつじん》の刀《とう》や

352 先師忌日香語

仄起下平七陽

老病近來雖似狂
先師諱日不能忘
鎮州蘿蔔無人味
遂擲眞前笑一場

老病近来《ろうびょうきんらい》　狂《くる》うに似《に》たりと雖《いえど》も
先師《せんし》の諱日《きじつ》　忘《わす》ること能《あた》わず
鎮州《ちんしゅう》の蘿蔔《らふく》　人《ひと》の味《あじ》わう無《な》し
真前《しんぜん》に遂擲《すいじゃく》し　笑一場《しょういちじょう》

一　烏鵲楼高閑録ハ風外禅師ノ詩偈ヲ輯載シタルモノ也

二　原本ハ写本ニシテ真ニ得難キモノナルヲ以テ総テ原本ノ通リ筆録セリ

三　原本中一旦筆録ノ上、更ニ抹線ヲ施シタルモノ数首アリ其意ヲ知ラスト雖モ要亦玉屑、捨ルニ忍ヒス、本書ノ末ニ○ヲ拌シテ追分筆写シ置ケリ

四　本書中ニ空字ノ個処アリ朱点ヲ以テ標示ス　之レハ原本ノ字体明瞭ナラサル為メ却テ真ヲ誤ランヲ慮リテ欠キ置ケリ

五　原本ハ誠ノ　　師ノ秘蔵セラレシモノナリ

大正辛酉孟春　龍城深見自牧庵主謹書

見贈余々蔵写　　默仙杖陀

一、烏鵲楼高閑録ハ風外禪師ノ詩偈ヲ輯載シタルモノ也

二、原本ハ写本ニシテ眞ニ得難キモノナルヲ以テ総テ原本ノ通リ筆録セリ

三、原本中一旦筆録ノ上、更ニ抹線ヲ施シタルモノ數首アリ其意ヲ知ラスト雖モ是亦玉屑、捨ルニ忍ヒス、本書ノ末ニ○ヲ押シテ区分筆写シ置ケリ

四、本書中ニ空字ノ個處アリ朱點ヲ以テ標示ス、之レハ原本ノ字體明瞭ナラサル爲メ却テ眞ヲ誤ランヲ慮イテ欽キ置ケリ

五、原本ハ越ノ□師ノ秘藏セラレシモノナリ

大正辛酉孟春龍城深見自牧庵主淨書

見贈余々藏寫　　默仙杜陀

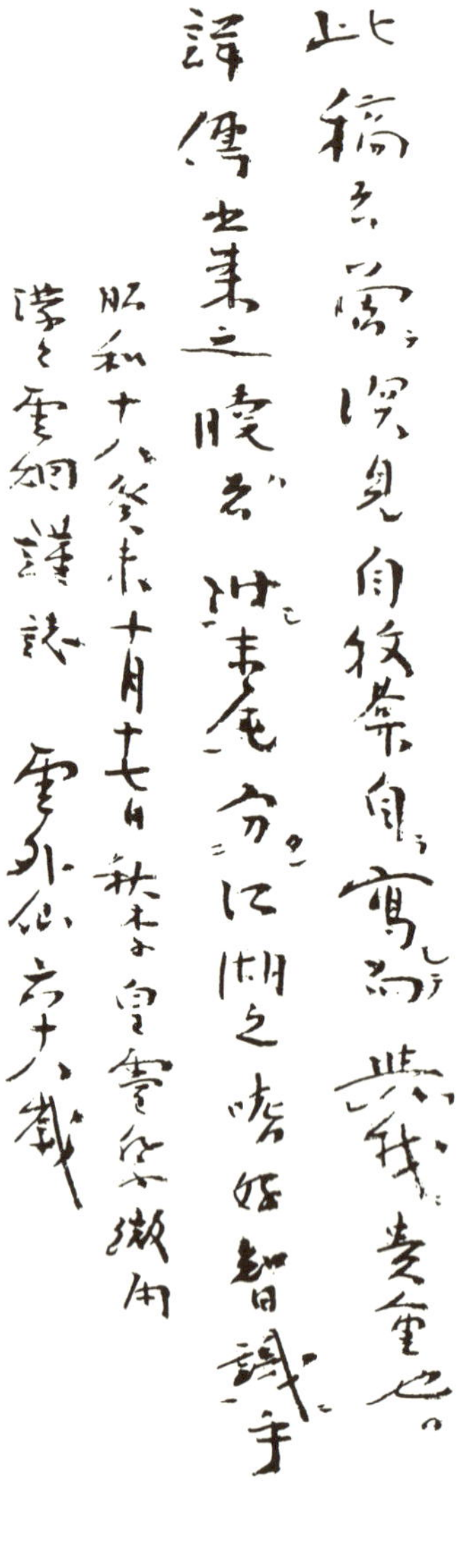

此稿者曾深見自牧庵自寫而與我貴重也
詳傳出來之曉者附末尾分江湖之嗜好智識乎
昭和十八癸未十月十七日秋季皇靈祭微雨
濛々雲煙謹誌　雲外仙六十八歳

参考資料　出典対照表

香積寺小住
中島良忠　謹誌

『烏鵲楼高閑録』を学ぶ中で、風外本高禅師を知らんとすれば『碧巌集耳林鈔』に通暁せねばならないと言われております。風外禅師は香積寺に移られたのち、名古屋で『碧巌録』を提唱して大いに名声を高め、爾来幾度か提唱され、烏鵲楼へ隠遁後もまた始終提唱されました。

その提唱を参禅の随徒が互いに書きつづり、まとめたのが『碧巌集耳林鈔』で、多衆の耳よりなるという意味で耳林鈔と名付けられました。すなわち『碧巌録』の講義録です。

『碧巌録』をひもとき調べてみますと、『碧巌録』の中の語録が『烏鵲楼高閑録』の語句に多く用いられており、又大智禅師の偈頌も多く見られます。

参考資料としてその中の一部、『碧巌録』の四十八句、『従容録』の二句、『大智偈頌』の二十五句を示します。

（一）出典対照表『碧巌録』

No.	高閑録内容	No.	碧巌録出典出処	字句	補足
1	先擔三擔泥有偈		伝灯録	全文	木平善道和尚、新到雲水に三杯泥を担わせ、のちに相見しての一句。
1	先擔三擔泥有偈	44	頌評唱	全文	『碧巌録』では東山路窄西山低とある。
12	莫傚空腹高心禪	9	本則評唱		
18	三尺吹毛属手時	100	本則	三尺吹毛	竹篦のこと。
20	寒毛卓竪不忍見	2	頌著語	寒毛卓竪	身の毛がよだつさま。
40	百雑碎兮無止影	13	頌著語	百雑砕	また『祖堂集』にもあり。
62	莫怪從來雪曲高	96	頌評唱	雪曲高	高尚で難解な歌。
66	一二三兮四五六	47	頌	一二三四五六	
74	何假斷舌才		曹山録	断舌才	弁舌の才ある人。
79	由來家富小兒奢		玄沙語録	家富小児奢	
102	曳尾泥中曠劫前	4	本則著語	曳尾泥中	
107	前後三々羅漢尊	35	本則	前後三々	
110	杜撰禿子好殊勝	48	本則著語	杜撰禿子	杜撰禅和、でたらめな禅坊主。
111	天上人間同陸沈	55	本則著語	天上人間同陸沈	

115	打破鏡來始照物	5 頌著語	打破鏡来	打破鏡来　与你想見　須是打破始得。
117	換骨堂中換骨明	77 頌評唱	換骨	換骨堂は京都にあり。
126	幾人空刻舷	虚堂録二	刻舷	何用刻舟尋剣　縁木求魚　見当はずれの無駄のこと。
134	是何之死急	34 本則著語	死急	著甚死急とあり。
150	多被風別調中吹	全唐詩	又被風別吹調中	
159	大機大用自單傳	32 頌評唱	大機大用	優れた働き。
162	纔出鑊湯歸炭爐	6 頌評唱	鑊湯帰炭炉	
172	胡鬚赤與赤鬚胡	圜悟録十八	胡鬚赤与赤鬚胡	将謂胡鬚赤　更有赤鬚胡。達磨は俺だけと思ったらもう一人。
173	頭上安頭白髪新	37 頌著語	頭上安頭	
179	豊干何饒舌	27 祖堂集四	饒舌	おしゃべり、多言。
183	飢飡困眠事事閑	伝灯録六	飢飡困眠事々閑	飢来喫飯困来眠　自在自用三昧。
187	一聲羌笛我向秦	普灯録二七	一声羌笛我向秦	一声羌笛離亭晩　君向瀟湘我向秦。
189	臨別爲歌行路難	83 頌評唱	行路難	行路難は曲名。
199	等閑唱出廬公歌	25 本則評唱	廬公	廬行者は慧能のこと。
200	五千餘卷載三車	8 本則評唱	五千余巻	五千四十八巻　大蔵経、一切経。
219	錦上鋪花物更新	21 垂示	錦上鋪花	美しい上に美しさを加える。
220	兩箇泥牛戰入海	伝灯録八	両箇泥牛戦入海	凡聖是非の相対が跡を絶ったこと。

223 帆靜老婆勸破船	11 本則評唱	老婆	老婆親切のこと。
229 從門入者不家珍	5 本則評唱	從門入者不家珍	
229 同死同生交最親	15 頌	同死同生	死生をともにすること。
241 鶻臭布衫餘所愛	12 頌評唱	鶻臭布衫	
260 撥草瞻風意氣全	17 本則評唱	撥草瞻風	
262 擧頭斫額待榮歸	伝灯録	挙頭斫額	高く遠い所を望むとき手を額に加え額を斫るかっこう。
282 正偏論盡有由來	43 頌	正偏論	正中偏、偏中正、正中来、偏中至、兼中到。
284 纔擧虛堂雨滴聲	46 頌評唱	虚堂雨滴声	雨だれのこえのこと。
295 飯盛山上雲蒸飯	96 頌評唱	上雲蒸飯	五台山上雲蒸飯とある。
309 額有圓珠七尺容	11 本則評唱	額有円珠七尺容	黄檗身長七尺　額有円珠。
323 金毛九尾野狐精	4 本則著語	野狐精	野狐精（えせ禅者）。
338 頻憶舊債欽轉路	1 本則著語	旧債	貧児思旧債とある。
339 眼上眉毛有幾莖	8 本則著語	眼上眉毛有幾茎	
340 或向瀟湘或向秦	24 頌著語	或向瀟湘或向秦	鄭谷の詩にあり。全唐詩六七五。
348 踏破摩耶黒漆桶	86 本則著語	黒漆桶	黒漆桶とは真黒な漆桶、区別がないこと。
351 活人劍也殺人刀	54 頌著語	活人劍也殺人刀	師家が学人を指導する際の活殺自在の手さばき。
352 鎭州蘿蔔無人味	30 本則評唱	鎭州蘿蔔無人味	

（二）出典対照表『従容録』

No.	高閑録内容	No.	従容録出典出処	字句	補足
9	飽参衲子已窮源	12	従容録　頌	飽参衲子	
109	金沙灘上馬郎婦	79	従容録　示衆	金沙灘上馬郎婦	長沙進歩、金沙灘上馬郎婦とは観音の化身。

（三）出典対照表『大智偈頌』

No.	高閑録　内容	No.	大智偈頌　題名	大智偈頌　内容	補足
2	踏飜地獄是天堂	240	温泉嶽地獄	地獄天堂一念中	
4	妙指妙音續斷弦	38	宿龍翔真歇堂	一曲新豊続断弦	
4	風松雨竹響玄玄	203	禮天衣塔	風松雨竹皆説禅	
8	堪笑此翁船没底	203	禮天衣塔	撐破爺爺没底船	底なしの船。
12	各自頼擔大福田	224	袈裟2	散作人間大福田	
37	莫止單明一色功	119	絶同	転却単明一色功	ありのままに見る無念無作の働き。
48	風外却被吹業風	41	破船時呈高麗王	今朝更被業風吹	
87	雲門一棒雖知處	1	佛誕生	雲門一棒不虚行	釈尊誕生を称えた語。もし雲門が居合わせた

					ら、一棒で打ち殺し、天下の太平を願ったと言う話。
99	魚舟休問獨醒人	85	月江	汨羅難著独醒人	漁夫が問う、屈原のこと。
102	脱殻烏亀倒上天	159	偶作	脱殻烏亀倒上天	
102	曳尾泥中曠劫前	41	破船時呈高麗王	曠劫瓢流生死海	
107	天台石橋自画賛	168	送僧禮石橋	遠訪天台五百僧	天台山の前に石橋、巾は尺にみたず、長さは数十丈、橋下絶澗に望む、古来、羅漢が応現する霊地。
115	打破鏡來始照物	124	円観	打破鏡来重鋳像	
127	救方一路豈墮功	7	達磨	傳佛心宗救此方	法を伝え迷情を救う。
137	一色功中何失宗	56	蘆月庵	一色功中転歩難	
138	一色明邊纔轉眼	134	坐中有感	一色那辺機転位	向上一色辺（さとりの境界）。
159	大機大用自單傳	193	悼洞谷和尚5	大用現前無軌則	すばらしいはたらき。
199	等閑唱出盧公歌	224	袈裟2	黄梅独許老盧傳	廬行者は慧能のこと。
204	桂樹花開空劫外	24	鳥道	翻身要到劫空前	
220	両箇泥牛戰入海	117	隠山	泥牛闘入海中時	
249	雲鎖雙峯千仭勢	11	栽松道者	雲鎖双峯千仭勢	四祖の教えの厳しさの喩え。
249	莫言借宿女兒胎	11	栽松道者	莫言借宿女児胎	五祖の母となって、成仏の縁を得る。
273	者回誰怪把鸞膠	34	看真歇和尚語	誰把鸞膠続断弦	断弦は膠とよく接着す。

313 此土西天無識者 321 曠大劫來生死夢	154 愚作2 83 太虚	此土西天無佛祖 曠大劫来空索索	広く遠い大空と長い時間。

附録（一）　法事《ほうじ》の茶子《ちゃのこ》

侍者陽宗　記

翻刻にあたって

本篇『法事の茶子』の原本は香積寺所蔵本を用いた。また同書は、川口高風編『風外本高和尚―研究と語録―』（名著普及会、昭和六十年）に収録されている。翻刻は原本通りを心がけ、必要と思われる語句にルビを付した。

荒木　正道

我師風外老人の参徒なりける如常居士といへる人、或夕暮に師の許《もと》に来りて、ものとひけるには、某《それがし》近きうちに先祖のために仏事を営みなんと思ひ候に、家の親類は申もさらなり、其外《そのほか》常々相《あい》したしみける人々へも茶子《ちゃのこ》をなん贈りたく候へど、させる思ひ付《つき》とてもなければ、思ひにつらふことに候が、和尚は年もたけさせ給う御事なれば、何とか思《おぼ》しよりもあるべくと存じ候、何とぞ大慈大悲《だいずだいひ》をもて、おしへ給れかし。といひて、さしうつぶきにけり。老人仰せられけるには、こは思ひよらざることをとひ給ふものかな。世外《せがい》のことならば、いささか心得も候へど、世中《せちゅう》のことは何を心得しことも候はず。されども、こたびは仏事のぬさなりと、きこへければ、もだしがたくこそ、おぼえ候へ。老僧が心には何かなという中に、かうのものをなん一本づつ贈り給はんは、よからめと思ひ候。と有りけるに、居士は大《おおい》にあきれたるけしきにて、こは興《おもしろ》かる仰《おおせ》ごとかな、某《それがし》貧しくは暮らし候へど、かうかう一本の贈物とは、余りに、はづかしふこそ覚え候へ。とて、からからと打わらひにける。老人もまた共に打わらはせ給ひながら、重ねて諭《さと》せられけるには、さなわらひ給ひそ。そもそもこのかうかうと申すは、いにしへの仏ぼさつ達もかぎりなふ貴び給うとこそ聞へ候へ。

梵網戒経《ぼんもうかいきょう》といへるに、戒は孝をもて本とす、と説《とか》れたり。戒といへば数おおきことに候へど、最要なるは五戒なり。もしよく此五戒をだに、まもりぬれば、あまりの戒も、もるることのなきためしなれば、まづこのことを心得給ふべし。五戒といつは第一不殺生《ふせっしょう》、第二不偸盗《ふちゅうとう》、第三不邪婬《ふじゃいん》、第四不妄語《ふもうご》、第五不飲酒《ふおんじゅ》なり。不殺生《ふせっしょう》とはものの命をとらざることなり。不偸盗《ふちゅうとう》とは人の物をぬすまざることなり。不邪婬《ふじゃいん》とは夫婦の外に心をよせざることなり。不妄語《ふもうご》とはうそをいはざるなり。不飲酒《ふおんじゅ》とは酒をのまざるなり。しかはあれど、罪人をころし、渡世の為にころし、あやまちにころし、忠孝のため、護法のためにころす、などのことあり。天下を治めんがために邪婬の名をたてられし男もあり。親や夫の志《こころざし》をとげんとて邪婬《じゃいん》の名もいとはざりし女もあり。計《はかりごと》は偽りをいとはずとて、軍の時には国のため、君のためには、うそをもてはからひし、ためしもあり。慈悲の方便には、うそをもて道《みち》びきたるをしへもあり。神を祭り、人の争ひをなだめ、其外《そのほか》祝ひごとなどには酒をとりあつかふ、ならひもあり。これらのことをもて破戒といへるおしへにはあらざるなり。

由なきことに衆生の命をとりて、己が心をなぐさめて、うれしと思ひ、人のものをぬすみ、人の国をうばひ、他人の妻に心をよせ、かりにも、親兄弟と、かたらひし人を犯しなどして、畜類のわざをまなび、下賎の身として、正妻の外に妾などをかかへて家のみだれをまねき、人にうそをいひてその中をへだて、偽りをかさねて親兄弟をも罪に落し、不信の人とよばれて、人に下《さげ》しまれ、酒をすごしては大事を忘れ、心みだれて悪友にいざなはれ、邪婬を犯し人をころし、ものをぬすみ、うそをいひて五つの戒をひとしく破りしためしもあり。かかれることに及べるをいましめ給う御事に候ぞや。されば、そのむかしより慈悲の殺生あり、正直のぬすみあり、貞心の邪婬あり、忠孝の妄語あり、礼儀の飲酒あり。大と小とのおもむきを心得て、ならひ行ふべきことにこそ候へ。さりながら戒の持犯《じぼん》は其人《そのひと》の心の曲《まが》れると直《ちょく》なるとにありて、心の直なる人は破戒と見えし持戒あり。こころの曲れる人は持戒に似たる破戒もあり。言葉をかざりかたちを見せて、すめることにはあらざるべし。ただ何事も己が心にとひて、よくよく明め申《もうす》べきことにこそ候はめ。諸仏ぼさつは何ゆえにこの戒法を貴《とう》とびて、衆生に授け給うぞなれば、それ人情の好む所は天上にして、嫌ふ所は地獄なり。地獄にもさまざまあり、天上にもまちまちあり、地獄餓鬼畜生修羅人間天上これを六道となづく。この六道の中に天上と人間とは人の好む所にして、其余《そのよ》の悪趣は皆人の嫌ふ所なり。さしも嫌ふべき所を己が六根とて眼耳鼻舌身意《げんにびぜつしんい》の六をもて、朝な夕なにたへまなみ、造り出せるは何ごとぞや、しかあればこの六根の行ひこそ常につつしみ習うべきことならめ。とにかく善と悪との二つの道をよくよくわきまへ、善に近《ちか》より、悪を遠ざけて、悪趣の種をうへざる様《よう》に心得べきことなり。此五戒をやぶるこれを悪といひ、この五戒をたもつ、これを善といふ。扨《さて》その源《みなもと》をたづぬるに、孝行の道、一すじにてぞありける。これによりて世中《せちゅう》に、親のことをわすれざる人は、諸仏の宝戒もおのづから、かけざることを見給ふべし。それ殺生の報は短命なり。若《もし》それ短命ならば親に先立つの愁《うれひ》あるがゆへに、孝行の人は殺生をせざるなり。偸盗の報は困窮なり。困窮すれば親をはごくむことも、なりがたきがゆへに、孝行の人はぬすみをせざるなり。身もち不埒《ふらち》なれば、やがて親の心をも、くるしむるゆへに、孝行の人は邪婬をつつしむなり。不信の人とよばれ、人に見下げられなば、親の名までも、けがるるなれば、孝行の人は妄語をせざるなり。酒にえひて大事を忘れ、さまざまの見苦しきことをいとはず、悪友に誘われて悪所におもむき、はからざる災難にあふこともあれば、目出度き酒宴の席にても、親のことを忘れざる人は、すこしも心ゆるさずして、酒をすごすのあやまちもせざるなり。それ見給へ。孝は戒の本と説かれしも、ことはりにては候はずや。しかあるのみにあらず。未来悪道に落ちて、長きうきめを見ることも、その初めにはこの孝行の道に踏《ふ》み迷《まよ》いて五戒を犯せしゆえなれば、孝心の人はとくよりこの戒を習いおぼへて、かりにも、これを犯せることのなきゆへに、未来悪道に落《おち》るの恐れもなく、神仏に向かひて、しひたる願もせざれども、何事も心にかなひて、たらざることもなく、丘《きゅう》が祈ること久ししといへる聖人の心にもかなひ、仁義礼智の道もおのづからそなはりて、我が国の神慮にかなひ、世の人々にも仁人君子と敬はれ、このよから、ぼさつとなりて、長く悪趣に落ちざること、誠にうたがふべきにあらず。これみな伊勢参りの路すじにありける色よきかうかうの光りなれば、こたび仏事のぬさとして、このこうこうをなん一本づつ贈りものにしたまへ。と、こそ申《もうす》なれ。とありければ、居士やうやうに頭をもたげ礼拝などして、こは見事なる孝行かな。香りも一入《ひとしお》よきげに聞へ候へば、これなん贈りものにせめ。とて、喜《よろこば》しげに打えみてこそ、立ちかへりにけれ。

法事の茶子　終

附録（二）　風外老人三法鼎足談《ふうがいろうじんさんぼうていそくだん》

翻刻にあたって

本篇『風外老人三法鼎足談』の原本は駒沢大学図書館所蔵本を用いた。なお川口高風編『風外本高和尚—研究と語録—』（名著普及会、昭和六十年）にも収録されている。

荒木　正道

文盲太郎《もんもうたろう》。或《ある》とき鈍鉄和尚《どんてつおしょう》に問《と》いけるには、某《それがし》此間去御方《さるおんかた》の所《ところ》へ参《まい》り、神儒仏《しんじゅぶつ》の、ものしり達《たち》が相《あい》集《あつま》りて、四方山《よもやま》の物がたりのありけるを承《うけたまわ》り候に、儒者《じゅしゃ》は神仏《しんぶつ》を謗《そし》り、神道者《しんとうしゃ》は儒仏《じゅぶつ》を憤《いきどお》り、仏者《ぶっしゃ》は神儒《しんじゅ》を嘲《あざけ》り、互《たが》いに居丈高《いたけだか》に成て、どちらが理《り》やら非《ひ》やらひやらの、笛《ふえ》の音色《ねいろ》を、聞《きき》申様にこそ覚え候。某《それがし》つらつら、愚案《ぐあん》をめぐらし候に、それ我国《わがくに》は神国《しんこく》なり。其神国《そのしんこく》に生《うま》れて、神国に住《すみ》候事なれば、唯《ただ》ひたすらに、神《かみ》の教《おしえ》を守《まも》り、正直正統《しょうじきしょうとう》に暮《くらし》候はば、其外儒道《そのほかじゅどう》の仏法《ぶっぽう》のと、あたむつかしき事は、いらざるものかと、存候なり。さりながら、此儒仏《このじゅぶつ》の両道《りょうどう》は、百千年のむかしより、我神道《わがしんとう》に相並《あいなら》びて、上下《かみしも》ともにこれを尊《とうと》み、何《いず》れも永々繁昌《ながながはんじょう》するは、如何成《いかなる》ゆへに候ぞや。某《それがし》は元来《がんらい》の文盲太郎《もんもうたろう》に候へば、ちんぷんかんでは、わかり不申《もうさ》ず。長《なが》き事も退屈《たいくつ》に候間、小みじかく、ひらたきことばにて、ちと御しめしに、あづかり度こそ存候《ぞんじ》へ。

鈍鉄和尚《どんてつおしょう》にこっと笑《わら》い、抑此三法《そもそもこのさんぼう》の道《みち》と申《もうす》は、中々以《もっ》て、たやすく申すべき事には、無く候へども、一寸世の中の、神道者《しんどうしゃ》の口《くち》まねを以《もっ》て、もうしませう程《ほど》に、小男鹿《さおしか》の、八つの御耳《おんみみ》をふりたてて、聞《きこ》しめせめせ。極《きわ》めてきたなきも滞《たまり》なければ、きたなきにあらず。内外《うちと》の玉垣《たまがき》は、きよくきよしと申す、謹《きん》上再拝《じょうさいはい》く敬《つつしん》で白《まう》す、みじかき咄《はな》し、なんと聞《きこ》へてござるかな。

文盲《もんもう》太郎、小首《こくび》をかたぶけ、はいはい聞《きこ》へたようで、何《なに》とやら、物《もの》たらぬ様にこそ、覚《おぼ》へ候へ。

鈍鉄和尚《どんてつおしょう》、あだ、めんどうなといふ顔にて、忝《かたじけな》くも国常立尊《くにとこたちのみこと》より伊弉諾伊弉冊尊《いざなぎいざなみのみこと》までを、天神《てんじん》七代と称《しょう》し奉り、天照太神《てんしょうだいじん》より、鸕鷀葺不合尊《うがやふきあわせずのみこと》までを、地神《ちじん》五代と称《しょう》じ奉り、神武天皇《じんむてんのう》より、今《いま》の御代《みよ》に至《いた》るまでを、人皇《にんおう》と称《しょう》し奉るなり。初《はじめ》の七代は、天神なれば、其《そ》の御姿《みすがた》は窺《うかが》いがたし。抑伊弉《そもそもいざ》諾伊弉冊尊《なぎいざなみのみこと》、人《ひと》の種《たね》を蒔《まき》そめ玉ひしより、一粒万倍《いちりゅうまんばい》の道理《どうり》を以《もっ》て、今日《きょう》に至《いた》りては、日本国中《にっぽんこくちゅう》に満々《みちみち》たり。しかあれば、今この一国《いっこく》に満々《みちみち》たる人々《ひとびと》は、一男一女《いちなんいちじょ》として、みなこれ神孫《しんそん》にあらずといふ事は、有《ある》べからず。神孫《しんそん》ならば、神《かみ》の身《み》なり。神《かみ》の身《み》ならば、神《かみ》の心《こころ》なり。人々皆《ひとびとみな》よく、其神心《そのしんしん》をきよめて、神《かみ》の教《おし》えを守《まも》り、正直正路《しょうじきしょうろ》を、ゆくことならば、天下《てんか》はおのずから泰平《たいへい》なり。その泰平《たいへい》の御代《みよ》にあひて、此世《このよ》に何《なに》の罪過《つみとが》もなければ、未来悪道《みらいあくどう》に落《おつ》る気遣《きづか》ひには及《およ》ばず。若《もし》よくかくのごとくならば、そなたのいはれる通《とお》り、外《ほか》の教《おし》えをかるにも及ばず、ただ一筋《ひとすじ》の神道《しんとう》ばかりにて、たらざる事は、あるべからず。しかはあれど、有為転変《ういてんぺん》の世《よ》の中《なか》は、そら定めなき、五月雨《さみだれ》のならひにや、神代《かみよ》には、善神《ぜんじん》悪鬼《あっき》の戦《たたか》ひあり。人皇《にんおう》には、逆徒官軍《ぎゃくとかんぐん》の争《あらそ》いありて、天下《てんか》の騒動《そうどう》に及べる事、たびたびなり。それゆへ賢人君子《けんじんくんし》、世《よ》に出《いで》玉ふ毎《ごと》に種々《さまざま》に心《こころ》を盡《つくし》て、天下泰平《てんかたいへい》の為《ため》とて、掟《おきて》を定《さだ》めおかれし、御事ぞや。忝《かたじけな》くも人皇三十一代、敏達《びだつ》天皇の、御宇《ぎょう》に当《あた》りて、古今稀《ここんまれ》なる大聖人《だいせいじん》ありて、世《よ》に出現《しゅつげん》ましませり。是《これ》を聖徳皇太子《しょうとくこうたいし》と尊《あがめ》め奉る。崇峻推古《すしゅんすいこ》の二天皇に仕《つか》えて、終《つい》に帝位《ていい》に登《のぼ》り玉はず。一生摂政《いっしょうせっしょう》の位《くらい》にましまして、神儒仏《しんじゅぶつ》の道《みち》を、興隆《こうりゅう》し玉へり。初《はじめ》に孔子《こうし》の教《おしえ》を学《まな》びて、仁義礼智《じんぎれいち》の道《みち》を弁《わきまえ》へ、次《つぎ》に仏法《ぶっぽう》に帰《き》依《え》して、三世因果《さんぜいんが》の道理《どうり》を明《あき》らめ、即此両道《すなわちこのりょうどう》を以《もつ》て、我神国《わがしんこく》の道《みち》を助《たす》け、此三法《このさんぼう》を鼎《かなえ》の足《あし》の如《ごと》くに立置《たてお》きて、士農工商《しのうこうしょう》、十能六芸《じゅうのうりくげい》に至《いたる》まで、皆それぞれの業《わざ》をみちびき、大慈大悲《だいじだいひ》を垂《たれ》玉へり。さるによって、皆人三世因果《みなひとさんぜいんが》の、ある事を信《しん》じて、仁義礼智《じんぎれいち》の道《みち》を守《まも》り、正直正路《しょうじきしょうろ》に立《たち》かへるゆへに、神系《しんけい》ながく伝《つた》わりて、万歳楽《ばんぜいらく》を諷《うた》ふ事、唐天竺《からてんじく》にもためしなき御事に候ぞや。仏法《ぶっぽう》も儒道《じゅどう》もいらぬものか、いるものか、心をしずめて、よくよく御考え候へがし。扨皇太子《さてこうたいし》の御事は、もとより仏者《ぶっしゃ》にもあらず、儒者《じゅしゃ》にもあらず、神道者《しんとうしゃ》にもあらず、只《ただ》これ天下《てんか》のおさまりて、民安穏《たみあんのん》を祈《いの》り玉ふ御志《おんこころざし》とこそきこへ候へ。かかる太子の大恩《だいおん》を知《し》らざる、三法偽学《さんぼうぎがく》の輩《ともがら》、己《おの》が曲《まが》れる、小人《しょうじん》の心《こころ》を以《もつ》て、動《やや》もすれば、互《たがい》に嫉妬《しっと》を起《お》こして、相謗《あいそし》り相憎《あいにく》むのみにあらず。勿体《もったい》なくも、其太子《そのたいし》の御事を、彼《かれ》の是《これ》のと悪口《あくこう》するに及べるは、いかなる天魔外道《てんまげどう》の旗持《はたもち》ぞや。かかる輩《ともがら》は、三法《さんぼう》の道《みち》は夢《ゆめ》にもしらずして、人間《にんげん》に似《に》たる畜生《ちくしょう》なり畜生《ちくしょう》すら恩をしる、恩をしらぬは、畜生にもおとれり。誰《たれ》かこれを、道《みち》を学《まな》ぶの人《ひと》なりといわんや。其様《そのよう》な愚痴蒙昧《ぐちもうまい》なる輩《ともがら》の話《はなし》を聞《きい》て、うろたへ廻《まわ》ろうより、はやばや我天性《わがてんせい》の本道《ほんどう》に立ちかえり、三国大通《だいつう》の神咒《じんしゅ》を唱ふべし。

○御公儀の掟《おきて》を守《まも》り。
○先祖《せんぞ》の事《こと》を忘《わす》れず。
○親《おや》に不孝《ふこう》をせず。
○兄弟《きょうだい》の仲《なか》よく。
○親類《しんるい》にむつまじく。
○上《かみ》たるを敬《うやま》い下《しも》たるを憐《あわれ》み。
○人交《ひとまじわり》をよくして。
○家業《かぎょう》に怠《おこた》る事なかれ。
其上少々《そのうえしょうしょう》の暇《いとま》もあらば、とにかく善友《ぜんゆう》に近《ちか》よりて、五常《ごじょう》の道《みち》をよく弁《わきま》へ、三世《さんぜ》の因果《いんが》、ある事を信《しん》じて、二世安楽《にせあんらく》を願《ねが》うべし。月日《つきひ》のたつは矢《や》のごとし、無常《むじょう》の風《かぜ》は、時《とき》をきらはず、あたら人界《にんかい》に生《うま》れて、空《むなし》く一生《いっしょう》を過《すご》し、後《のち》に悔《くゆ》とも、何《なん》の益《えき》か有らん。唐《もろこし》は孔子老子《こうしろうし》の教えありて、五常《ごじょう》の道《みち》をしるゆへに、釈迦《しゃか》の御法《みのり》も、早《はや》くつたはりて、今《いま》の世《よ》までも、尊《とうと》むときく。我日本《わがひのもと》も其通《そのとお》り、儒仏の道を、おしゆべき、時至《ときいた》ればこそ、渡《わた》りしなれ。神道《しんとう》の古書《こしょ》には、あしき神達を、根《ね》の国底《くにそこ》の国《くに》へ、追《おい》やるとあり。儒道《じゅどう》には積 善家 有余慶《せきぜんのいえにはよけいあり》、積不善家有余殃《せきふぜんのいえはよおうあり》と、しめされて、因果《いんが》の道理 明《どうりあきらか》なり。何《いず》れの聖賢《せいけん》か、人の悪事《あくじ》を好《この》み玉はんや。三法《さんぼう》の相救《あいすく》うこと、それ斯《かく》の如《ごと》し。

文盲《もんもう》太郎、大あくびたらたらながら、何とやら嬉《うれし》げなる顔《かお》つきにて、さやうに 奉《うけたてまわ》り候へば、三法《さんぼう》ともに皆《みな》これ、勧善懲悪《かんぜんちょうあく》のおしへにて、つづまる処は、只これ安心の一つにある事なり。しかあれば、かの物識達《ものしりたち》が、肩《かた》ひじをいからして、互《たが》いに水《みず》かけ論《ろん》をせらるるは、扨《さて》もさても気《き》の毒《どく》千万なる、御事かな。とは申《もうし》ながら、今の様に承《うけたま》り候時は、しばらくは、うたがひもはれ、心もたしかになりたる様《よう》には候へども、宿《やど》もとへ、たちかへりて、いろいろのむちゃくちゃに携《たずさわ》り候へば、やがて心も、むちゃくちゃになり候て、何事も分《わか》らぬ様《よう》に成《な》り候が、是はいかなるゆえにて候ぞや。

鈍鉄和尚《どんてつおしょう》、困《こま》った顔《かお》にて、大息《ためいき》をつぎ、それはそなたの心の事なれば、此方《このほう》より、何とも手のつけようもなき次第には候へども、他山《たざん》の石《いし》これを攻《みがく》と、いふ事の候へば、すこしは、いはずばなるまい。すべてものごとは、その本《もと》をさし置《おき》て、枝葉《えだは》に取付《とりつき》候ては、やすまる時は、なきものなり。先《まず》その本《もと》を知《し》らふぞならば、自分《じぶん》のこころにおいて、妄《もう》と真《しん》との、二つある事を、よくよく弁《わきま》へ玉ふべし。喜《き》・怒《ど》・哀《あい》・楽《らく》・愛《あい》・悪《お》・欲《よく》の、七情《しちじょう》によりて、むちゃくちゃむちゃくちゃと、夜《よる》となく昼《ひる》となく、うろたへまはりて、しばらくも、やすみのなきを、妄想心《もうぞうしん》と名づけ、何とも思《おも》ふにも及《およ》ばず、只これ無念無《むねんむ》想《そう》にして、一年万年《いちねんばんねん》、かわる事のなきを、真実心《しんじつしん》と名づく。これこの、妄《もう》と真《しん》との、主客《しゅきゃく》を知《し》らざれば、何事の上《うえ》においても、皆、とりちがへとなるものなり。たとへば宿屋《やどや》の亭主《ていしゅ》は、いつも動《うご》かざれども、とまる旅人《たびびと》は、毎夜《まいよ》毎夜立ちかはるごとく、鏡《かがみ》に色容《いろかたち》はなけれども、うつる影《かげ》には、種々《さまざま》の模様《もよう》あるがごとく、真心《しんじん》は亭主《ていしゅ》のごとく、妄心《もうしん》は旅人《たびびと》のごとし。妄心《もうしん》は影《かげ》のごとく、真心《しんじん》は鏡《かがみ》のごとし。妄心《もうしん》は時々刻々《じじこくこく》に転変《てんぺん》して、むちゃくちゃの、たへまはなけれども、真心はいつにても静《しずか》にして、かはる事なし。しかあるを、其《そ》の旅人《たびびと》のようなる妄想心《もうぞうしん》を、とりちがへて、真心《しんじん》と思《おも》ひ、影《かげ》の様《よう》なる妄想《もうぞう》を、とりちがへて、鏡《かがみ》の様《よう》なる真心《しんじん》と思ふて、それに執着《しゅうじゃく》して、終《つい》に本心《ほんしん》を、知らざるがゆえに、偶《たまたま》正法《しょうぼう》の道《みち》を聞《きい》て、しばらくは、安心《あんじん》なる様なれども、やはりかの妄想《もうぞう》の、安心《あんじん》にして、真心《しんじん》の安心に、あらざるなり。影《かげ》に善悪《ぜんあく》はあれども、やはり影《かげ》にて、鏡《かがみ》にはあらざるがごとし。旅人《たびびと》に早立遅立《はやだちおそだち》はあれども、亭主《ていしゅ》には、あらざるがごとく、影容《かげかたち》はかはりもの、落付《おちつか》れぬも道理《どうり》なり。しかあるに、其《そ》の真心《しんじん》を、夢《ゆめ》にも見ざる人々が、妄想心《もうぞうしん》の分別《ぶんべつ》を杖《つえ》にして、仏《ほとけ》がわるひの、神《かみ》がすまぬの、儒《じゅ》がせまひの、なんのかのと、うろたへまはって、さまよふは、何とおろかな事にては、候はずや。

文盲《もんもう》太郎、あきれ顔《がお》にて、しかあらば、その妄想心《もうぞうしん》の旅路《たびじ》をやめて、真実心《しんじつしん》の故郷《ふるさと》へ、立《たち》かへるべき、道筋《みちすじ》を承《うけたまわ》り度《たく》こそ存候へ。

鈍鉄和尚《どんてつおしょう》、三尺《さんじゃく》余《あま》りの、鼻毛《はなげ》をのばして、さてさて、影に体なしと見れば、鏡《かがみ》をさぐるには及ばず。旅人《たびびと》はかわりものとしれば、主人《しゅじん》を尋《たづぬ》るに及ばず、妄想心《もうぞうしん》に、もとより根《ね》のなき事が分《わか》れば、其時《そのとき》直《じき》に真心《しんじん》があらわれて、かのむちゃくちゃは行《ゆく》えなし。善悪邪正《ぜんあくじゃしょう》の沙汰《さた》もなく、旅《たび》のうきねの夢《ゆめ》さめて、我家楽《わがいえらく》の、かなだらひ、何かたらざる、事もなし。是を泰平無事《たいへいぶじ》の人といふ、また神《かみ》とも仏《ほとけ》とも、聖人賢人君子《せいじんけんじんくんし》とも、名《な》づくるなり。此時《このとき》これを、我故郷《わがふるさと》へ立《たち》かへるといふ。心外無別法《しんげむべっぽう》にては、候はずや。しかはあれど、人に上中下の根器《こんき》といふ事の候ひて、愚者《ぐしゃ》は多く、智者《ちしゃ》はすくなし。それゆへ三法《さんぼう》の教《おしへ》は、何《いず》れともに、此三根《さんこん》に応《おう》じて、そのしめしのあることとなり。老僧《ろうそう》今日、そなたのために申所《もうすところ》も、しばらくは、中下の旅《たび》の路《みち》づればなしなり、もし亦《また》上々根《こん》の人に、出会《いであい》ての趣《おもむき》ならば、竹のえ鳶《とび》の目に、しませう。と、ありければ。

文盲《もんもう》太郎、すっくと立上《たちあが》り、つかつかとさしよって、忽《たちまち》上々根《こん》の人《ひと》、出来《いできた》る時如何《ときいかん》といふ。

鈍鉄《どんてつ》和尚も、またすっくと立上《たちあが》り、ちょこちょこと、方丈《ほうじょう》の内《うち》へはしりこんで、跡《あと》びっしゃり。

風外老人三法鼎足談　畢

風外本高禅師　年譜

平勝寺小住
佐藤一道　謹誌

安永　八年（一七七九）　一歳　三重県度会郡穂原村押淵に生まれる。泰二と名付けられる。

天明　三年（一七八三）　五歳　度会郡中島村澄光庵に入り、徳岩曇瑞和尚に養われる。名を泰円と改める。

天明　六年（一七八六）　八歳　曇瑞遷化。度会郡一之瀬村圓珠院安山泰穏和尚について得度する。

寛政　九年（一七九七）　十九歳　行脚の途に登り、但州竜満寺玄楼禅師会下に掛錫する。玄楼禅師はこのとき七十八歳であった。

寛政十二年（一八〇〇）　二十二歳　名を本高と改め、風外と号す。別に好幽と称す。

享和　元年（一八〇一）　二十三歳　玄楼禅師が宇治興聖寺へ転任する。それに随侍す。

文化　五年（一八〇八）　三十歳　九月十五日、玄楼禅師の室に入りて大法を嗣承す。

文化　十年（一八一三）　三十五歳　玄楼禅師遷化。

文政　元年（一八一八）　四十歳　大阪天満円通院に住持となる。

天保　四年（一八三三）　五十五歳　三州香積寺の請を受ける。

天保　五年（一八三四）　五十六歳　春、円通院より香積寺へ移る。

天保　六年（一八三五）　五十七歳　名古屋にて初めて『碧巌録』を提唱する。鼎三・無関等これより随身する。香積寺江湖会、『鐵笛倒吹』を提唱する。

天保　七年（一八三六）　五十八歳　新城の永住寺の結制に応請。夏大飢饉、足助の騒乱を鎮撫する。冬、八桑大鷲院の結制に応請。

天保　九年（一八三八）　六十歳　名古屋大運寺の結制に応請。勢州浄眼寺の助化。

天保　十年（一八三九）　六十一歳　雲州永昌寺の助化。雲州洞光寺の結制に応請。

天保十一年（一八四〇）　六十二歳　雲州日光寺の結制に応請。『碧巌録耳林鈔』序。徳林寺授戒会。勢州法泉寺にて『鐵笛倒吹』を提唱する。これが香積寺時代最後の法筵である。

天保十二年（一八四一）　六十三歳　正月十五日、雲水五十人に分散を命じ、二月初旬退山。浪花の

弘化　四年（一八四七）六十九歳

鳥鵲楼に隠棲する。この年、『碧巌録』の提唱を再び始める。
六月十九日、早辰「卒中症」を発病する。二十二日遷化。世寿六十九歳であった。

参考文献

藤本（雲外）黙仙著『風外』（大蔵出版、昭和二十四年刊）
井上義臣述「風外和尚傳の一側面」（『風外本高和尚―研究と語録―』川口高風編、名著普及会、昭和六十年八月刊）

あとがき——刊行までの経過報告——

平成六年の秋、香積寺現董、中島良忠方丈様の晋山式が行われました。晋山式において、新命住職は山門法語、土地堂法語をはじめ多くの法語を唱えなければなりません。しかし通常は古人の法語を引用し、その場を繕ってしまいます。

「任地となるべきお寺に入る際、みずから思うところを法語に盛り込むことができたならば、どんなによいだろう。」

「いや、盛り込んでこそはじめて晋山と言えるのではないだろうか。」

このような会話が近隣教区寺院の間で交されました。その意を受け、晋山式の一年前、良忠方丈様は「漢詩の会」を発足させました。名古屋の乗圓寺住職・遠藤友彦老師を先生として、先ず晋山式に必要な法語のみに焦点をあてた講義をしていただくつもりでした。しかし、私たちの思惑は最初からうち砕かれてしまいました。法語は偈頌を土台としています。ですから法語を作るには偈頌ができなければなりません。その偈頌を作るには絶句が自由にできなければなりません。そのようなわけで絶句の作り方から習いはじめたのです。いや、その前に辞書の引き方、平仄の公式など初歩の初歩から習いだした私たちには、一年があっと言う間に過ぎ去っていきました。

晋山式が無事に済み、ほっと一息ついたとき漢詩の基礎さえ身についていない現実に愕然としました。私たちは、宗乗・余乗のなかで特に詩偈の教養に欠けていました。それは日常生活において詩偈が息づいていないからです。

しかし一方、道元禅師は『正法眼蔵随聞記』において、

「廣學博覧はかなふべからざることなり。一向に思ひきりて止べし。」（第一の五）

「文筆詩歌等その詮なき事なれば捨べき道理なり。」（第一の一一）

「近代の禅僧、頌を作り法語を書かんがために文筆等をこのむ、是れ便ち非なり。頌につくらずとも心に思はんことを書出し、文筆ととのはずとも法門をかくべきなり。」（第二の八）

と言われています。この御言葉に従えば、慣れない詩偈の形式を借りることなく、現代の言葉で述べるべきかもしれません。しかし、歴代の祖師方が残された禅籍語録の中には詩偈が夜空の星のように散りばめられています。それらの詩偈こそ祖師方の皮肉骨髄です。その暖皮肉にふれるために私たちは詩偈を基礎から学びなおす必要があると思いました。

平成九年秋、東加茂郡、西加茂郡、豊田市、瀬戸市の寺院五十一ヶ寺に上述の趣旨を送り、多くの賛同を得ました。平成九年十月十七日、香積寺を会場として第一回「漢詩の会」が開かれ、二十五名の僧侶が参加しました。以後、二ヶ月に一度ほどの頻度で会が開かれました。

遠藤友彦老師は、その論考「風外和尚の詩偈について」(『風外本高和尚―研究と語録―』川口高風編)の中で、

「詩偈に参じることとは、佛祖の行履を尋ねることである。尋ねるには、鞋をはき、杖をつかねばならぬ。身を動かさねばならぬ。時代錯誤と思われる◎印や、「平」とか、「仄」といった鞋や杖が、多少役立つかも知れない。いや、きっと役立つであろう。それは同時に、一刻も早く、みずからも作詩を試みること、試みたくなることにほかならない。」(三〇五頁)

と述べられています。

このような指導を受けて一年目は各自の鞋や杖を整えました。二年目からは「探春」とか「初夏偶吟」「秋夜対月」などという題を与えられ、次回までに漢詩を作ってくるようにと言われました。私は何日も何日も苦吟してやっと一首ができ、先生に見せました。先生は全体が真っ赤になるほど朱を入れました。漢詩では一字を直しただけで、全体が見違えるほどよくなることがあります。中国の人はそれを「一字の師」と呼びました。唐の時代の鄭谷《ていこく》という詩人は、斉己《さいき》という坊さんの詩の一字を直して師

と拝されました。

斉己という坊さんは詩を作ることがたいそう好きでした。しかし、よい先生が近くにいません。それが悩みの種でした。ある時、鄭谷という詩人が袁州《えんしゅう》にいると聞き、自分の詩を携え教えを請いに行きました。道すがら、斉己は、

「大詩人である鄭谷は気むずかし屋で、俺の詩なぞ見てくれないかもしれない」

と心配しました。斉己は袁州に到着し、鄭谷に会いました。思ってもみなかったのですが、鄭谷はとても気さくな人でした。斉己が差し出した詩集をつぶさに見ました。ずうっと目を通して行き、「早梅」と題された詩まできたとき鄭谷が言いました。

「この詩はとてもよい。もし、一字を改めたなら味わいがもっと深まるであろう。」

「どの字を直したらよろしいのでしょうか。」

と斉己が尋ねました。

「『前村、深雪の裏　昨夜、数枝開く』の数枝を一枝にしたらいいでしょう。」

と鄭谷は答えました。

それを聞くや、斉己は地にひれ伏し、

「ああ、真の先生を見つけた」

と言いました。それ以後、世人は鄭谷を斉己の「一字の師」と称しました。私たちにとって遠藤先生は「一字の師」以上の師です。

「漢詩の会」には、ふたつの目的がありました。ひとつは漢詩がみずから作れるようになること。あとのひとつは『烏鵲楼高閑録』を読むことでした。

平成九年秋から平成十四年春まで約五年かけ、香積寺本『烏鵲楼高閑録』三百五十二首を読み、風外本高禅師に参じることができたのは、遠藤先生なくしては叶いませんでした。

思えば、香積寺先々住、雲外黙仙方丈様はその生涯を風外本高研究にささげられました。その成果を出版しようと思われていたとき、図らずも戦争となり刊行の機会は失われてしまいました。その後、昭和二十三年春、足助へ講演に招かれた澤木興道老師が香積寺を訪ねました。その折、雲外黙仙方丈様は風外研究の原稿を澤木老師に見せました。澤木老師は、

「万事は引き受けたから、是非とも世に出すように」（昭和二十四年刊『風外』の序）

と言われました。澤木老師の物心両面の援助を得て昭和二十四年、大蔵出版社から『風外』が出版されました。しかし『烏鵲楼高閑録』は活字にされませんでした。『烏鵲楼高閑録』が、はじめて世に出たのは昭和六十年に出版された『風外本高和尚――研究と語録――』（川口高風編）の資料篇においてでし

た。しかし、私たちにはたやすく読めるものではありませんでした。そこで私たちは、遠藤先生の読み方に従い、各自に平仄《ひょうそく》を調べ、典拠を探って一首一首、参じていきました。

平成十四年二月に『烏鵲楼高閑録』全首を読み終えた後、「漢詩の会」は事実上休会となりました。平成十五年六月、「漢詩の会」の成果として『烏鵲楼高閑録』刊行の話が持ち上がり、万昌院様はじめ多くの方々の賛同を得ました。しかし、三百五十二首の平仄の再検討、典拠の調べなおし、訓読文の訂正等、膨大な作業の前に私たちは立ちすくんでしまいました。そのとき、良忠方丈様はひとり黙々と作業を進めていかれました。

多くの人々が読めるかたちで『烏鵲楼高閑録』を刊行したいという良忠方丈様の情熱と、遠藤友彦老師の深い学識によって本書が発刊できました。澤木老師の法曾孫にあたる私にとって、この時、この場に立ち合うことができたご縁に深く感謝しています。また、出版社国書刊行会佐藤今朝夫社長・国書サービス割田剛雄氏に多大な御尽力いただきましたことを感謝申しあげます。

平成十六年六月二十二日　　風外本高禅師祥月忌の辰に

平勝寺小住
佐藤一道　謹誌

風外禅師語録刊行会、漢詩の会協力寺院名

乗円寺・宝泉院・宝珠院・雲興寺・宝泉寺・慶昌院・祥雲寺・久岑寺・弘誓寺・道泉寺・了玄院
仙寿寺・龍谷寺・天徳寺・金剛寺・瑞雲寺・松月寺・千鳥寺・金泉寺・神竜寺・永沢寺・大鷲院
増福寺・清涼寺・慈眼寺・徳用寺・昌安寺・最光院・円通院・竜光院・福蔵寺・大安寺・増光寺
昌全寺・香積寺・平勝寺・宗源寺・慶安寺・万昌院・妙昌寺

風外禅師語録刊行会、漢詩の会の協力者

協賛　香積寺護持会・小沢英人、弘子氏（風外軸購入、刊行資金寄付）

烏鵲楼高閑録――風外本高禅師語録――

平成一六年　六月二二日　発行

著　者　風外本高
監修・校閲　遠藤友彦
発行者　中島良忠
発行所　風外本高禅師語録刊行会
〒四四四―二四二四
愛知県東加茂郡足助町飯盛三九
香積寺内
ＴＥＬ　〇五六五（六二）〇二六七

製作・販売　株式会社　国書刊行会
〒一七四-〇〇五六　東京都板橋区志村一―一三―一五
ＴＥＬ　〇三（五九七〇）七四二一
ＦＡＸ　〇三（五九七〇）七四二七
http://www.kokusho.co.jp
e-mail: info@kokusho.co.jp

印　刷　(株)　エーヴィスシステムズ
製　本　(有)　青木製本

落丁本・乱丁本はお取替え致します。

ISBN 4-336-04646-8